KB195890

혼란
기쁨

혐오를 벗고 몸을 쓰다

김비

굿간

나와 당신,
세상 모든 몸들에게

잃어버린 몸을 찾아서

오랫동안 내 몸을 혐오했다. 무작정 벗어나고 싶었고, 그 이유를 찾으려고 했고, 이렇게 어긋난 근원을 알고 싶었다. 오십 중반이 된 지금, 나는 몸에 대해 더 모르는 사람이 되어간다. 이 몸으로 살아가다보면 몸으로부터 오는 좌절이나 절망이 해소될 줄 알았는데 크게 변한 건 없다.

　　자살이나 극단적인 선택은 생각조차 하지 않는다. 오히려 오래오래 살아남으려 애쓴다. 모르는 몸인 채로, 스스로를 혐오하는 몸인 채로, 하지만 '천수를 누린 트랜스젠더'가 되는 게 최종 목표가 되었다. 이런 삶의 끝엔 뭐가 기다리고 있을까, 꼭 그 끝에 가 닿고 싶어졌다.

　　그걸 희망이라고 말하기엔 망설여진다. 아슬아슬하고, 위태롭고, 여전히 회의적인 그 중간 즈음 어디에 내 존재

혼란 기쁨

의미가 있으리라 짐작한다. 이럴 때, 누군가는 신을 찾고, 신념을 찾고, 확신에 매달려 앞으로 나아가겠지만, 나는 조용히 그토록 혐오했던 몸 곁에 머무르고 싶어진다.

　　몸과 나 사이, 어딘가에 내게 주어진 자리가 있을 것이다. 몸이 곧 나이고 내가 곧 몸인 사람들과 달리 나와 몸 사이엔 아뜩한 거리가 있다. 글쓰기는 그걸 메워보려는 끝나지 않은 애씀이다. 내 모든 혐오와 절망과 희망은 그 간극 속에 혼재되었기에 쓰지 않을 수 없었다. 쓰는 삶을 살기로 한 내게 가장 큰 책임으로 다가온 건 바로 이 몸을 기록하는 것일 수밖에 없음을 새삼 느낀다. 나와 몸 사이를 헤매며 적고 적을 뿐이다.

　　매번 마주하는 혼란을 열심히 적어봤자 더 복잡한 혼란과 만날 뿐이다. 안다, 알면서도 이 글을 시작했다. 쓰고 싶은 마음으로 모든 걸 쓸 수 있다면 좋으련만, 쓰고자 하는 마음이 넘쳐 감당할 수 없어 놓치고, 가닿을 수 없다는 걸 마주하는 무기력함 때문에 거듭 놓친다. 그렇기에 내 문장은 담백할 수 없었고 감정적으로 기울어져만 갔다. 바라는대로 쓸 수 없다면 그럴 수 없는 나를 받아들여야겠다고 마음 먹었다.

　　하루가 지나고 계절이 바뀔 때마다 먼지처럼 글자들이 굴러다녔다. 저희끼리 뭉쳐 구름처럼 뒹굴었다. 바닷가에서 모래알을 줍듯 알알이 글자들을 모았다. 맞지, 이거 너무 치우쳐 쓸 수 없지, 끄덕이면서도 발 아래 들러붙은 글자들을 지우지 않았다. 지우지 않고, 일단 모았다.

　　한번 시작해볼까 싶은 마음은 불현듯 찾아왔다. 이런

글을 누구도 기다리지 않는다는 걸 알면서도, 계속 썼다. 나는 쓰는 사람이기에. 꼭 세상에 내어놓지 않는다 하더라도, 나는 종일 쓰는 사람이었다.

이 기록은, 또 한 번 내가 시도한 자해(自害)를 닮았다. 나는 문장으로 살아 있는 내 몸을 혐오했고, 조롱했고, 들추어냈다. 아무리 부인하고 싶어도 내 실존은 그 몸의 일부였으니, 내 인식이나 확신도 조롱당했고, 까발려졌을 것이다. 그런데도 지우거나 삭제하지 않고, 처참한 모습 그대로 남겨두었다. 그러고 보니, 이제야 진짜 내 이야기를 쓰고 있다는 걸 알게 되었다.

영혼이란 게 정말 있다면, 죽어서 영혼이 육신 위로 떠오른다면, 그 순간 내가 혐오했던 몸 위로 어떤 몸이 떠오를까 이따금 궁금해진다. 그건 여자 몸일까, 남자 몸일까. 아니다. 그건 둘 중 어느 것도 아닌, 그 사이 어떤 몸일 것이다. 평생 '나'라는 존재가 품어온, 사이 어딘가에 있는 그런 몸.

다음 생에 다시 태어나면, 어느 쪽이든 스스로 혐오할 필요 없는 몸으로 살고 싶다고 말하곤 했는데, 또 한 번 이런 몸이어도 괜찮지 않을까 싶기도 하다. 끝없이 홀로 되물어야 하는 외로움과 고독을 알게 됐고, 몸이 아니더라도 가능한 사랑을 알게 됐고, 혐오라는 옷을 입고 있다 해도 여유로울 수 있는 마음도 알게 됐으니 말이다.

끝까지 이런 몸을 기록하려는 애씀은 어쩌면 '미약한 저항' 같은 것인지도 모르겠다. 겨우 주어진 몸을 지니고 산 사람으로 이 몸 역시 질서의 일부라는 걸 기록하고 싶었다.

혼란 기쁨

말하자면 길잡이 마음이기도 하다. 길을 내는 사람이 아니라
오히려 지우는 사람의 기록일 테지만, 우리 몸들 중 어느
몸도 혼란이 아니며 혼란이란 질서의 또 다른 페이지임을
남겨 놓고 싶다. 벗어날 수 없는 것, 부정하기 쉽지 않은
것, 날마다 싸워야 하는 것을 기록하려는 마음은 점점 더
비장해져 무겁디 무거운 덩어리가 된 듯하지만 이 몸으로 그
삶을 허투루 낭비하지 않았고 그 어떤 삶의 가닥도 포기하지
않았다는 의지로 읽히길 바란다.

누구에게나 감춰진 몸이 있다. 부끄러운 몸이기도 하고,
소외된 몸이기도 하고, 잃어버린 몸이기도 하다. 나를 살게
한 그 어떤 몸도 잃지 않겠다는 의지는 끝내 사랑에 가 닿을
거라고 믿는다. 지극한 사랑일까? 나는 여전히 확신을 말하기
두렵다. 그 중간 즈음 어딘가에서 서성거린다. 괜찮다, 그
정도면 충분하다.

2025년 1월
김비

머리말	잃어버린 몸을 찾아서	6
들어가며	사타구니 밑에 거울 놓기	12

패인 몸	시계 방향의 틱톡	20
	혼란의 기쁨	25
	푸른 태양의 일격	30
	'프레디'는 누구의 악몽인가	35
	자기 연민 금지, 오십 살에는 금지	42
	'예쁘다'의 예쁜 것	46
	불편한 질문, 하나 해도 돼요?	51
	자궁子宮은 없습니다만	57
	돌봄력, 초능력	63
	외계인들의 공동체를 지구에	69
	퀴어 재생산 권리	74

갇힌 몸	상하좌우 투룸분리	80
	'믿는다'는 말이 나를 살찌울 때	84
	자의적 자위	90
	인터뷰, 질문과 대답 그리고 질문	95
	몸의 쓸모	102
	목소리 큰 몸	108
	남성성의 모의謀議로부터	112
	제노모프와의 전쟁	117
	성별은 왜 복제되는가	123

접힌 몸	차별 없이 나란히	130
	혼란의 나무	135
	우리는 파치가 아니다	140
	걱정 많던 사람, 혼자 울던 사람	144
	희망이 없어도 죽지 않겠다	149
	나를 위한 처방전	154
	갑자기 인터넷이 끊기고 전자 제품이 먹통 되어도	160
	깨달음의 몸으로	165
	'그늘'이라는 이름의 빛	171
	'수컷의 힘은 쓸모가 크다'고 적기	176
	노는 몸을 찾아서	182
	식물성의 몸을 배워 보고 싶은 날	188
	속죄의 몸	192
	늙은 퀴어의 이름	196
	호모 날레디	200
나가며	트랜스젠더는 존재하지 않는다	204

사타구니 밑에 거울 놓기

환부(患部)를 보기 위해 사타구니 아래 거울을 들이민 건
수술 후 몇 달이 지나서였다. 일명 '봉치료'(인공적으로
만든 질 내부가 협착되지 않도록 솜이나 기구를 박아 넣는
과정)도 끝나고, 붕대나 보호대 없이 비로소 수술한 자리를
확인하는 순간이었다. 정작 여성의 성기를 직접 본 적 없으니
비교 대상을 떠올리려 해도 마땅한 그림이 그려지지 않았다.
음란물에서 본 성기를 떠올려야 하나, 억지로 포르노 영상
앞에 붙들린 것 같은 불쾌감을 억누르며 사타구니 아래 놓은
거울을 들여다봤다.

　그리고 그 순간, 어떤 이미지나 상상도 필요 없다는
걸 단박에 알았다. 그건 성기가 아니었다. 팬 자리, 무참히
패였다가 꿰매진 자리, 그 이상도 그 이하도 아니었다. 전에는

혼란 기쁨

안으로 상처 난 몸이었다가, 이제 바깥으로 상처 난 몸이었다. 그제야 명확히 내 몸의 현실을 이해했다. 내 '안심(安心)'은 흔들리지 않았다.

'생식기'라고 불리는 살덩이를 잘라내고서, 그때 나는 손가락으로 내 몸의 '사라짐' 혹은 '상처'를 더듬었다. 사라진 건 아니었다. 몸속으로 박아 넣은 '가짜 질'마저 내가 가졌던 남성 생식기의 외피로 만들어졌으니, 나는 여전히 그 살덩이와 한 몸으로 사는 셈이다.

밖으로 나온 것을 안으로 집어넣었을 뿐이니 비로소 얻은 안심마저 의심할 대상인지 모른다. '여성이 됐다'는 표기는 얄팍해도 너무 얄팍하다는 걸 나이 들며 더욱 절감한다. 오직 재생산만을 목적으로 인간을 두 종류로 나누는 문명의 표지도 얄팍한 건 마찬가지겠지만, 그때 비로소 내 것이 되었다고 믿었던 안심이나 환희 역시 낡아도 너무 낡아버렸다.

빛나던 때가 있긴 했나, 그 빛은 무언가를 밝히기는 했던가? 생의 환희란 반드시 시들고 만다는 정언처럼, 내 안심도 빛도 뿌예지고 말리란 순리를 받아들여야 하지만 이따금 노쇠한 안심과 환희는 공포가 되어 등짝에 올라탄다. 괴담 속 정수리로 걷는 유령의 눈동자와 마주친 것처럼, 일순간 호흡이 얼어붙는다. 쿵쿵 뒤집힌 채 다가오는 내 믿음의 뒤집힌 얼굴은, 나를 닮아, 남자로 살던 때의 나를 닮아, 끔찍하고 소름 끼친다.

내가 자청한 수술이나 치료 행위에 다른 시선, 다른

사유를 꺼내어 들면, 사람들은 득달같이 달려들어 "후회하는 거냐?" 묻곤 한다. 정답은 이미 머릿속에 정해둔 채. 그런 몸, 그런 불안, 그런 혼란이 '추억'일 리도 없고, 사유의 대상이어서도 안 된다고 믿는 튼튼한 정상성의 담합, 굳건한 연대. 추락이어야 하고, 낙담이어야 하고, 절망이어야 하는, 나의 꿈, 나의 안심, 나의 환희. 하지만 내 대답은 뚜렷하다. 내 감각의 진위는 그들의 정답보다 최소한 곱절은 더 힘세다. 단 한 번도 의심하거나 살피지 않고 '질서'나 '정상'이나 주입된 '진리'만을 맹신한 채 나이만 먹은 것이 누구인지, 거울을 보라.

나는 그런 질문이 우습고 하찮다. '두 다리 사이만 살면' 모든 게 살고, '두 다리 사이가 죽으면' 모든 게 죽는다고 믿는 편협한 해석 밖으로 단 한 발짝도 나아갈 줄 모르면서, 불알 두 쪽만 한 행복을 들어 내 안심과 환희를 가늠하려는 시도들이.

내 특이한 몸에 관한 이 기록과 별개로, 그들의 몸 역시 언젠가 적절한 시기에 각자 다시 쓰이기를 바란다. 육체가 부여한 권력과 생산성 가치가 삶을 과도하게 점령하고, 끝까지 인간의 존엄을 폭력적으로 훼손하는 낡고 낡은 방식을 다시 기록할 수 있기를 소망한다. 그 기록 덕분에 미래 인간은 쓸데없이 오랜 시간 타고난 육체에 붙들리지 않고, 괴로워하거나 자학하지 않으며, 가해자가 되거나 피해자가 되지 않고서, 공존과 공생 가능성의 최대치를 자유롭게 가늠할 수 있을 테니 말이다.

혼란 기쁨

지금 나는 차라리 외계 생물의 시선이어야 내 몸에 대해 제대로 적을 수 있지 않을까 생각한다. 무엇으로도 규정되지 않은, 태초의 질척한 생명 한 덩이처럼, 더 납작 엎드려야 한다고 짐작한다. 바닥에 들러붙지 않고는 도저히 앞으로 나아갈 수 없는 환형동물의 꿈틀거림처럼, 코를 박아야겠다고 다짐한다. 내 몸이 잘려 나가거나 꿈틀거리며 쏟아낸 피나 고름같은 점액질을 향해 혀를 내밀고, 필요하다면 핥고, 또 다른 빛깔의 점액질을 쏟으면서, 밀리미터만큼이라도 앞으로 나아가는 것이 내 목표다.

오십을 넘긴 요즈음 다시 사타구니 밑에 거울을 놓고 들여다보는 중이다. 이번에는 수술한 자리 너머 항문이 문제였다. 성별을 뛰어넘어 배변하는 모든 이족 보행 생물이 필연적으로 고장 난다는 곳. 병원에 가서 구멍 속 사진을 찍고 상처를 확인하고 약을 발랐지만, 쉽게 낫지 않았다. 간에 문제가 있는 사람이 혈관이 약해져 그럴 수 있다는 걸 알았을 때, 조금 맥이 빠졌다. 모든 걸 걸고서 수술하고 이제야 조금 살 만한가 싶더니, 어느새 그런 나이, 그런 몸이 되었다.

처음 보는 주름들로 겹겹이 감춰진 구멍 너머, 그때 그 상처가 보인다. 이제 이십 년 세월을 훌쩍 넘겨 어쨌든 아문 상처는 제멋대로 난 털들 속에 숨었다. "다르지 않았나요?" 첫 성관계 때 내가 했던 질문의 깊은 속을, 그는 이해했을까? 다행히 그 사람은 여전히 내 곁을 지키고 있다. 몸으로 머물지 않고, 이름을 상실한 그 살과 육체성을 통과해 내 마음속 어딘가에 가 닿았던 선명한 안심들.

삶의 의미를 후세 생산이나 양육과 바로 잇는 사회에서 무관심하고, 부정하고, 부인해야 하는 그 확신을, 몸을 기록하면서 어디까지 드러내 보일 수 있을까? 이 기록이 나와는 다른 줄에 선, 다른 약속과 맺어진 인간에게도 도움이 될까? 사회적 맥락에 알량하게나마 쓸모가 있을까? 까마득히 먼 곳으로 떠밀려 폐기된 것 취급 받는 감각들을, 엉뚱하게 주름져 몸속 어딘가에 수술용 실로 고정된 집착들을, 나는 조금이나마 풀어낼 수 있는 걸까? 묘지를 벗어났다고 믿지만, 여전히 묘지 근처인 마음들에 도움이 될까?

사타구니 밑에 밀어 넣었던 거울을 집어 올린다. 거울을 들어, 내 얼굴을 본다. 평생토록 숨겨진 두 다리 사이와는 반대로, 항상 드러나 있는 몸의 일부. 퇴고하고 싶지 않아도, 주름으로 낯빛으로 선명하게 고쳐 쓰고 있는 그 몸을 시작으로 준비해야 하는지도 모른다. 오천 원짜리 바디크림을 얼굴에 듬뿍 찍어 바른다. 점액질의, 반가운.

1

패인 몸

시계 방향의 틱톡

'청춘'이 성별로 나뉜 것일 때, 나는 고립을 피할 수 없다. 십 대와 이십 대, 내가 지닌 몸에 청춘이라고 명명할 만한 시간은 없었다고 기록하는 수밖에 없다. 청춘의 동의어라는 자유, 활기, 설렘, 순수, 사랑은 나에게 다른 의미였다. 활기는 자해하고픈 욕망이었고, 설렘은 공포였으며, 순수는 명백한 고립이었고, 사랑은 꿈조차 꾸어서도 안 되는 금기였다.

적지 않은 코리언 퀴어들에게 청춘이란 유실이나 훼손이었을 것이다. 사랑은 육체뿐 아니라 영혼까지 성숙시킨다는데, 나는 퀴어를 완벽히 삭제한 우리 사회의 사랑 관념을 신뢰하려 꽤나 오래 애썼다. 사랑의 외피를 벗겨낸 후에야 그 신뢰란 게 조금이나마 가능했다.

낡고 편협한 정의를 승인하는 순간 보편은 특정 다수가

독점하는 특권이 된다. 단 한 번도 그 사랑 바깥에 있는 존재를 인정하지 않고서, 슬그머니 '원래 그랬다'고 사랑을 도둑질한다. 비굴한 역사의 승리는, 아무리 휘황찬란한 언어를 덧대어도 화려한 비굴일 뿐이다. 정당성을 잃은 현재가 나아갈 미래는 또 다른 고립이거나 궁지에 불과하다. 우리 편을 구했다고 믿지만, 아무도 구하지 못한다. '우리 편'의 정의가 틀렸기 때문이다. 낡은 정의로 탈락한 이들은 끝도 없이 미래에 출현해 그 역사를 되물을 테니 말이다.

'빼앗긴' 건 아니라고 거듭 되뇌어 보지만, 십 대 시절을 떠올릴 때마다 강탈당한 기분이 되고 만다. 도처에 가해자들뿐이었다. 가족이 가해자였고, 폭력을 자랑 삼는 남성성이 가해자였고, "그러게 좀 남자답게 굴지 그랬니?" 무기력하고 무지한 여성성이 가해자였고, 계급 사회가 가해자였고, 돈만 좇는 편협한 자본주의 사회가 가해자였고, 주사위 놀이 대신 확정적 놀이에 재미 들인 신이 가해자였고, 괴물이 되지 않았던 나 역시 나를 향한 가해자였다.

자해와 폭력을 일삼아 살아낸 괴물이 되었다면 청춘 시절 추억이라도 남겼을까? '어릴 땐 다 그렇다'는 농담 따위에 공감하며 최소한 성별적으로는 성공한 인간으로 실존할 수 있었을지 모른다. 이제는 퀴어도 조금이나마 동등하게 청춘을 누릴 수 있을까? 언젠가의 미래였던 현재가, 그만큼은 나아갔기를 바란다. 겨우 그것 가지고는 모자란다고, 한 인간의 청춘을 고립시키고 모독하고 조롱했던 폭력적 시대를 생각하면 퀴어들 개인의 피해 사실을 낱낱이 까발려 적고 싶지만, 그 치욕과 절망은 혈관 속에 녹아들었는지 모른다. 상실을 딛고 일어서야 성장 가능했던 한 뼘의 키는, 모든 몸들에게 평등할 테니 말이다.

청춘을 그리워하던 나이 지긋한 분을 기억한다. '누구나 다 그렇지 않느냐'고 그는 주변 사람들에게 되물었고, 모두들 고개를 끄덕이긴 했지만, 나는 동의하지 않았다. 그의 그리움은 특정 성별, 특정 육체이기에 가능한 그리움이었다. 자유로운 몸으로 어디든 가고, 팬티 한 장 걸치고서 공을 차고, 아무데나 늘어져 노숙하고, 실패도 다시 딛고 일어서는 청춘. 그 청춘은 결코 보편일 수 없음에도 엄청난 위악으로 보편성을 획득해 왔음을, 그는 노년인 지금까지도 제대로 이해하지 못한 듯 보였다.

자신이 지나온 청춘에 보편적 동의를 구할 수 있게 만든 역사를 제대로 반추해본 적 없는 현실을 감안할 때, 사회 구성원 모두 무지와 태만의 책임을 면할 수 없다. '나이를 먹을수록 겸허해야 한다.'는 보편적 수사가 스스로 편협했던 과거를 인정하고 반성하는 당위로 이어지기를 바란다. 그런 뒤에야 '순리'나 '질서'라 명명할 만한 것을 얻게 되지 않을까?

퀴어성이나 성별성을 제거하고서, 내가 지키고 싶었던 청춘은 무엇이었을까? '자유' 밖에 떠오르지 않는다. 특정한 몸, 특정한 생을 누리기엔 불리하더라도 몸이 찾을 수 있는 자유의 실체나 실감은 동등하지 않을까. 청춘을 지나 멀리 온 내가 남길 건 무얼까, 후세나 몸이 아니라 글 몇 줄 남길 수 있다면, 첫 번째 문장은 분명히 '어느 것에도 붙들리지 말라'일 것이다.

　　호르몬과 염색체의 힘은 지독히도 집요하니, 확신은
완벽히 옳지도 않고 온전히 당신 것도 아니며, 그 감정 역시
지극히 일부만 당신 몫이다. 자신으로부터 한 발 물러날 때,
한 발 물러나 주변과 세계를 냉혹하게 인지하고 겸허해질 때,
그럼에도 주눅들지 않고 내 길을 찾으려는 몸일 때, 그때야
비로소 청춘은 후회하지 않을 미래로 나아갈 것이다. 고착된
규정이나 정의로부터 벗어날 때, 그런 나를 상상하고 사유할
수 있을 때, 독립적이고 주체적인 몸인 한 사람은 생의 개체로
우뚝 설 것이다. '성별'이 아닌 '사람'은, 일생의 어느 때고 그런
몸이어야 할 것이다.

　　몸을 아는 것만큼, 몸에 깃든 감정을 헤아리는 사유 역시
중대하다. 호르몬이나 염색체로 오염되지 않은, 몸의 성별
혹은 생물과는 상관없는 실체로서 개별자의 의지와 힘을
우리는 발견해야 한다. 몸이 어떻게 변하든, 어떤 형태를 갖든
절대 흔들리지 않을 인식의 몸을, 당신 손으로 당신이 믿는
방향으로 또 한 번 비틀어 매어야 한다. 생의 다음 단계는 곧
다가올 것이다.

　　틱톡. 당신은 지금 어느 방향으로 회전하고 있는가?
시곗바늘의 회전은 매 순간 우리를 특정한 방향으로
얽어맨다. 어느 쪽이 내 미래를 위해 후회하지 않을 방향인지,
냉철하게 되돌아 보라. 방향을 바꾸기 위해 너무 많은 걸
바꿔야 할지 모르지만, 필요하다면 그래야 하는 것 역시
당신의 삶, 당신의 생, 당신의 정체성. 그럴 필요 없다고

패인 몸

느껴진다면, 원래 방향을 지켜가는 것 역시, 그 삶, 그 생, 그 정체성. 누구도 당신 정체성의 옳고 그름을 정의할 수 없다. 당신만이 정의한다. 끝내 다시 또 움직이려 몸을 비트는 당신의 그 힘만이. 안간힘을 닮은 그 위대한 힘만이. 틱톡.

혼란의 기쁨

트랜스젠더 청소년을 자녀로 둔 어머님 두 분이 사적으로
만남을 청한 적이 있다. 2000년대 초반이었고, 성소수자
부모 모임도 없던 시절이었기에, 그들은 당시 흔치 않았던
내 퀴어 홈페이지를 통해 연락해왔다. 만나보니 당사자는 둘
다 중학생이었고, 한 사람은 MTF(Male To Female:생물학적
남성에서 여성으로 성별 전환) 트랜스젠더 성향, 또 한 사람은
반대로 FTM(Female To Male:생물학적 여성에서 남성으로
성별 전환) 트랜스젠더 성향이었다. 가장 힘든 게 뭐냐고
물었을 때, MTF 친구는 어디서든 도드라지고 차별당하는
게 싫다고 했는데, FTM 친구는 생리하는 게 가장 힘들다고
말하며 눈물을 뚝뚝 흘렸다.
    수술이나 치료가 필요한 트랜스젠더를 판단하는 일은

쉽지 않지만, 때론 명확하게 드러나기도 한다. 성별 정체성 혼란을 받아들이는 과정은 난해하지만, 당사자에겐 명징한 생존의 길이다. 한편 수술이 결국 육체에 인위적 변형을 가하는 과정인 만큼, 의지와는 상관없이 육체가 견뎌야 하는 고난의 불가피함 역시 정확히 인지해야 한다. 우리는 '몸'으로 살고 있으며, 언제나 '몸'으로 살아남을 것이다. 수술 이후 삶은 '상처의 예후'로서 관리되어야 할 것이고, 수술 받을 필요 없는 몸을 (생물학적으로) 100퍼센트의 온전함으로 볼 때, 수술 이후는 결국 90퍼센트나 80퍼센트 상태를 감당해야 한다는 의미일 수밖에 없다.

(생물학적인) 몸과 (인식적인) 몸이 동시에 결합해 온전함을 이룬다고 할 때, 트랜스젠더 당사자가 원하는 온전함의 가늠쇠는 제각기 다를 것이다. 진짜냐 가짜냐의 문제가 아니며, 옳다 그르다의 문제도 아니고, 오롯한 개인으로서 내 삶을, 내가 감지하는 고통과 그걸 벗어난 삶을 가늠하는 힘을 지켜내야 한다. 인식적인 '나'뿐만 아니라, 몸으로서 '나' 역시 지켜내야 할 대상이다. 그 균형점을 내 기준에 맞추어 조절하고 결정해야 하는 것뿐이다.

요즘은 인식한 몸과 육체적 몸에 더하여, 디지털 몸까지도 정체성의 일부라고 말해야 할지 모른다. 어떤 이름이나 실체 없이도 현대인은 디지털 세계에서 실재하며 말하고, 움직이고, 관계한다. 온라인상 감정이나 인식이 오프라인과 일치하지 않는 걸 보면, 디지털 몸은 변이나 전환의 의미를 완벽히 이해하고 승인한 것일까? 아니면 실체의 변화 가능성을 제로에 가깝게 확신하고 자유를 가장해 방만한 것일까?

바뀌고, 조작되고, 의도된 것 역시 자기 정체성의 일부라고 해야 하는 걸까? 무형의 것, 실체 없는 것은 자신의 것이 아니라고 해야 할까? 조작되고 모의된 것이라서 내가 아니라고 말할 때, 그는 모의되지 않은 자기 정체성을 정확히 인식하는 걸까? 변이나 전환으로 훼손되거나 오히려 확장된 오프라인 세계의 인간 정체성은, 디지털 세계 정체성과 완벽히 구분할 수 있을까?

모호함이나 혼란은 끊임없이 인간을 몰아댈 것이다. 질문은 계속 쏟아질 것이고, 항상 최선의 답을 찾았(다고 믿지만 방만했)던 문명은, 거듭 '불편하지 않을' 답을 찾아낼 것이다. 진실을 구하는 인간들은 반복적으로 출현해 새로운 질문을 던지고, '로그 오프'를 학습한 인간은 가볍게 허리를 숙여 플러그 쪽으로 손을 뻗을 것이다. 자신의 정체성을, 모두의 정체성을, 사회의 건강하고 미래 지향적인 순수한 정체성을 지키기 위함이라고 합리화하면서.

몸 안에 깃든 모호함을 만날 때마다, 나는 경직된다. 굳어진 나를 감각한다. 싸움에 내몰린 사람처럼 온몸에 핏줄이 곤두선다. 되찾아야 할 정체성을 찾았으니, 비로소 안심한 몸이니 영원히 그렇게 지속되리라 믿는 태도는, 유아적이고 안일할 뿐이다. 혼란을 지니지 않았던 몸조차 흔들리고, 관계 속에서, 제 몸 안에서 흔들리고, 다양한 방식의 침입과 침범을 견디느라 흔들리고, 움켜쥐고, 흔들리지 않기 위해 최선을 다하지만, 끝내 흔들리고야 마는 것이 인간의 몸, 살아 있는 몸.

혼란을 지닌 몸이란, 결국 싸워야 하는 몸이다. 모호한 싸움에서 명백한 싸움으로 겨우 한 걸음 나아갔을 뿐이다. 겨우 얻은 몸의 안심이란 언제든 다시 흔들릴 것이며, 더 깊은 진앙의 흔들림인 만큼 더 위태로울 것이고 그 위에 쌓았던 것들은 저절로 무너져 내릴 것이다.

도구가 필요하다. 혼란이 없(다고 믿)는 그들에겐 저절로 체결된 동질감이 도구가 될 것이며, 쉽게 얻을 수 있는 공감이 도구가 될 것이고, 자연스럽게 칭송 받는 우정이나 사랑 따위 역시 믿음직한 도구가 될 것이다. 정상성을 위해 최선을 다하는 가족이나 공동체 역시 든든한 도구가 될 것이고, 타고난 유전자와 염색체 또한 꽤나 쓸모 있는 도구가 될 것이다.

혼란한 당신에게도 도구가 있다면, 무슨 수를 써서라도 놓치지 말아야 한다. 단 하나라도 내 것일 수 있는 도구가 있다면 움켜쥐어야 한다. 저절로 내 것이 되는 도구 같은 건 없다. 수술했다고, 호르몬 따위 찔러 넣었다고 저절로 손 안에 들어오는 도구 따위는 실재하지 않는다. 운 좋게도 나의 도구를 실감했다면, 일부는 판타지일 가능성 또한 크다. 판타지는 언제든 가뭇없이 소멸될 것이며, 믿었던 도구가 사라질 때, 간절히 의지하던 생의 도구, 안심의 도구가 사라지고 말 때, 견디기 힘든 진폭을 또 한 번 대비해야 한다.

폭발하는 자학과 자해의 욕망이 시뻘겋게 꿈틀거리며

다가오는 것을 목격하고, 도망쳐야 하는데 꼼짝없이 몸 안에 갇힌 것만 같은 밀실의 압박감을 견뎌야 할 것이다. 도저히 견딜 수 없어 비명이라도 내지르고, 하늘을 향해 울부짖고, 몸부림을 치는 나를, 내가 아닌 몸을 내 눈으로 확인하고, 격차 큰 감정으로 온몸이 진동하는 것을 실감하더라도, 수단과 방법을 가리지 않고 '나'는 내 몸과 싸워 이겨내야 하는 것.

인식의 몸과 육체의 몸 사이 싸움은, 반드시 서로를 살려야 한다. 살리는 것밖에 다른 길은 없다. 패배하지도 말고, 승리하려고 하지도 말고, 끝끝내 생존을 도모해야 한다. 그것이 바로 '트랜스젠더'라는 이름을 지닌 인간의 피할 수 없는 '몸'싸움.

언제쯤 우리는 '기쁨'을 말할 수 있을까? 지나고 보니 그 혼란 별것 아니고, 해답을 이제 알겠고, 그 덕분에 생의 기쁨을 알게 되었다고, 고즈넉이 웃으며 노래처럼 읊조릴 수 있는 때가 오긴 올까?

나는 아직 모른다. 상상조차 할 수 없고, 이해할 수도 없다. 그러나 딱 한 가지 확실한 것은, 미래 세대인 당신에게는 더 큰 가능성으로 '올' 것이다. 싸움으로 피투성이가 된 채 지나온 우리들의 역사는 경합된 가능성의 결과값이니, 다가올 날은 모두 어제보다 나은 가능성이다. 그러니 성급하게 좌절하지 말길. 지난날의 어리석음에 비추어 당신들의 싸움은 좀 더 가까이 '기쁨' 쪽이기를.

푸른 태양의 일격

내가 아직 식물같은 세포 덩어리로 모체에 뿌리 내리고 있을
때, 몸 바깥으로 귀를 여는 일을 상상한다. 기술적 한계가
명확했던 시대였으니, 가족이란 이름의 그들은 모체에
실재하는 내 두 다리 사이 몸의 생김을 알지 못했을 것이다.
내가 태어난 가계의 대표 성씨가 '쇠 금(金)'이었고, 내 차례
항렬이 '밝을 병(炳)'이었으니, 마지막 한 글자를 두고 이름을
논의했을 것이다. 성별을 먼저 생각했을까, 의미를 먼저
생각했을까? 어쩌다가 '돕는다'는 의미의 글자를 내 이름
마지막 자로 기입했던 걸까? 그걸 결정한 사람은 누구였을까?
여러 이름이 경합했을까, 성별을 나타낼지 말지 충분히
고민했을까?

인간은 위대하다. 오직 자신이 믿고 생각하는 틀

안에서만 그렇다. 두 눈이 한쪽을 응시하는 생물학적
특성은 유전자에 기입된 공격적 적극성을 드러낸다는데,
그토록 영리한 두뇌와 탁월한 유전자와 능수능란한 두 손을
지니고서, 왜 단 한 번도 어떤 믿음에는 의문을 제기하지
않았던 걸까? 천재적인 과학자, 예술가, 석학들이 세계
곳곳에서 문명을 밀어 올리기 위해 치열하게 분투해 왔는데,
왜 인간은 겨우 1900년대에 들어서야 '성별'이나 '퀴어성'을
진지하게 들여다보기 시작한 걸까?

식물처럼 모성의 핏속에서 영양분을 쪽쪽 빨아 먹으며,
나는 숨쉴 필요 없는 물 속을 유영한다. 공상과학 영화
속 제노모프처럼 모성의 몸을 찢고 나온다. 쪼그라든 몸,
굶주린 몸, 에너지가 모두 빠져 나간 몸. 내 생모는 첫째인
내 오라비를 낳고 심하게 앓아 죽을 고비를 넘겼다는데,
어쩌자고 똑같은 고생을 자초했을까?

갓 태어난 나는 너무 허약해 곧 죽을 것 같았다고 엄마는
말한다. 제대로 울지 못하고, 첫 돌이 지날 때까지 몸을
가누지 못해 엎어져 있기만 했다고. 제 몸을 찢어 생명을
내어 놓은 그 몸은, 아직도 제 고통은 까맣게 잊은 채 그때
나를 걱정하던 것과 똑같은 두 눈으로 오십을 훌쩍 넘긴 나를
가만히 본다.

엄마는 내 이름을 어떻게 짓고 싶었느냐 묻고 싶었지만,
차마 입을 열지 못한다. 엄마의 이름도, 엄마의 엄마의
이름도, 엄마의 엄마의 엄마의 이름도, 모두 엄마들의 것이
아니었으니. 유전자에 집요하게 새겨진 징그럽도록 소름

패인 몸

끼치는 산고의 망각. 생산하는 몸의 숙명인 듯 까맣게
잊고 마는 그 아픔을, 엄마는 한 번쯤 이름 붙여보고 싶지
않았을까? 죽다가 살아난 제 몸을 알면서도, 다시 두 번째, 세
번째 아이를 낳겠다고 결정한 그 몸은.

　　이름은, 권력에 둘러싸여 있다. 어떤 대상에 이름을
붙이는 행위는 명백한 권력 행사다. 권위나 권력이 허락되지
못한 존재에게 그럴 자격은 주어지지 않는다. 지구 역사에
이름을 붙였던 자들의 성별은 명확히 한쪽으로 치우쳤다.
세력은 역사가 깊으면 깊을수록, 타자를 향한 지배가
반복되면 반복될수록 강력해져, 내력벽처럼 여전한 힘을
발휘한다. 개혁의 말은 휘황찬란하지만, 역시 같은 뿌리를
지닌 다른 방향의 기울기일 가능성이 크다.

　　쏟아진 총알은 조용한 세포 덩어리로 다시 돌아가지
못한다. 그러니 기울기가 달라지도록 애써야 하는 책무는,
우리 유전자에 생래적으로 기입되었다고 말해도 괜찮지
않을까? 생물학적 한계를 뛰어넘지 못하면서도 시도한 만큼
강해지고, 공포와 두려움에 꺾이지 않고서 믿음의 방향으로
모든 걸 걸고 투신할 수 있는 유일한 종족이 바로 인간이니
말이다.

　　세포에서 배아가 되고, 물 속을 유영하다가, 몸을 찢고
나와, 언어를 배우고, 세계를 감지하고, 이해하고, 분석하는
존재로서, 최소한 그 정도는 가능하지 않을까? 식물처럼 한
자리에 꽂혀 평생 하늘만 바라보는 삶을 살 것이 아니라면,
우리의 변화 가능성과 책무는 차라리 유전자에 명명백백히

기입된 것이 분명하다고.

　누가 지었는지 알 수도 없는 내 이름을 바꾸면서, 망설임은 없었다. 엄마에게 허락을 받긴 했고, 엄마는 가장 쉬운 이름을 말해줬고, 나도 그러자고 했다. "엄마도 이름 바꿀래?" 농담처럼 물었던가? "에이 지랄…." 엄마는 욕으로 일갈했던가?

　내 오라비도 지정성별 남성인 아이를 낳지 못했으니, 우리 가계의 대(代)가 끊긴 거라고 누군가는 낡고 낡은 근거를 들어 혀를 차겠지만, 나는 내 엄마를 지킴으로써 엄마의 대(代)를 이었다. 주어진 몸뿐 아니라 사회적 몸까지 찢고 나와 다음 사람에게 물려줄 기록을 남기고 있으니 내가 이어야 할 인간의 대(代) 역시 계속 잇는 셈 아닐까?

　세포 덩어리였다가, 주어진 몸이었다가, 내가 획득한 주체적 (사회적) 몸이 되었고, 그 몸의 기록을 세상에 남기고 있으니 말이다. 그것이 세상을 밝히고, 어쩌면 혼란으로 몰아넣고, 혼란이더라도 반드시 누군가에겐 기쁜 혼란이 될 것이라 믿고 있으니, 나는 원래 이름 값(도울 필姵) 역시 잃지 않고 톡톡히 하고 있는 셈.

　한때 인디언식 이름 짓기가 유행이었다. 그 출처가 얼마나 정확한지, 태어날 때부터 끝까지 지속되는 이름인지, 스스로 바꿀 수도 있는 건지 알 수 없지만, 태어난 해와 달과 날에 따라 조합되는 낱말들은, 지금 다시 보니 모두 '가능성'을 품은 단어들이었다. 한글로 번역하며 뜻이 바뀌거나 탈락했을 수도 있겠지만, 가장 보편적인 물질을 지칭하는 말로 이루어진 그 이름들은, 분명 세상의 일부로 흥망성쇠를 겪게 될 인간에게 축하와 응원을 보내는 것처럼 읽힌다. 이름을 부르는 것은 이름 뜻을 함께 바라고 기원하는 공동체의 태도, 혹은 힘이기도 하다. 그 공동체가 얼마나 고귀하고 아름다운 사유들의 결합체인지, 모두가 축복과 응원을 받고 이어져 나란히 섰다는 걸 이름이 오롯이 증명한다.

생년월일을 따져 만든 내 인디언식 이름은 '푸른 태양의 일격'이었다. 나를 낳은 엄마 이름은 '욕심 많은 나무의 혼'이었고. 예쁘다, 마음에 든다.

'프레디'는 누구의 악몽인가

언젠가 한 TV 프로그램에 가난을 딛고 성공했다 자처한
사람이 인터뷰하는 모습을 본 적이 있다. 말도 못할 결핍과
가난을 이겨내고, 변리사던가 변호사던가 국가 고시에 합격해
전문 직업인이 된 사람이었다. 그는 자신의 집념과 성실함,
노력을 낱낱이 온 힘을 다해 이야기했는데, 힘겹고 지난한
과정이었으니 당연했을 텐데, 인터뷰를 이어가며 눈물을
글썽이는 그가 가난에서 벗어난 것이 맞을까 의문이 생겼다.
끝내 절규하며, 내 노력을 발버둥을 당신들이 상상이나
하냐고, 나만큼이라도 노력해본 적 있느냐고 그의 목소리가
높아졌을 때, 나는 어쩐지 목격한 것만 같았다. 마침내 전문
직업인이 된 가난의 몸을.

　　가난을 이겨내기 위한 첫 번째 마음가짐은, 가난을

이기지 말아야겠다고 확신하는 것인지도 모른다. 코끼리를 잊어야 한다고 최선을 다하면 가장 확실히 코끼리가 잊히지 않는 것처럼, 가난을 지워야 한다고 믿으면 더욱 명징하게 가난이 새겨진다는 걸 알아야 한다.

그래서 '가난을 말하기'란 놓쳐버린 풍선처럼, 내가 날려 보내고서 견딜 수 없는 상실감을 혼자 견디는 행위다. 내가 발화했지만 내 언어가 아닐 때, 내가 숨을 불어 넣고 크기를 키웠지만 내 진심의 말이 아니란 걸 부인할 수 없을 때, 그걸 크게 부풀려 날려 보내는 행위는 가진 줄도 몰랐던 내 몸을 내가 끊는 자해와 다를 바 없다. 내가 내 몸을 끊지만, 내 손이 했지만, 다른 의지에 이끌려 끊어지고 만 내 몸. 내가 잃어버린, 결코 되찾을 수 없단 걸 알게 된 내 몸, 내 말.

가난이 내 몸에 남긴 제일 큰 흉터는, '낭비되었구나'라는 '깨달음'이었다. 시간의 낭비였다. 가난을 지우기 위해, 쓰지 않아도 될 시간과 감정과 힘을 낭비하고 말았다. 손에 든 게 남들과 비교해 형편없고 보잘것없다는 걸 알면서도 '사람이 제 처지와 만족을 알아야 한다'는 충고를 들은 뒤로 내 의지의 한 구석은 드륵드륵 간단히 구멍 나 버렸다. 지긋지긋하게 매 순간 '행복'해야 하고, '성공'해야 하고, '극복'해야 하는 존재가 가난한 것들이었으니, 아마도 가난한 사람들이 그 누구보다 많이 듣고 자란 말이 '행복'이고 '성공'이고 '극복' 아닐까? '보통'이나 '평범'이라고 무람없이 언급되는 사람들의 삶과 비교조차 할 수 없을 정도의 격차를 알게 되었을 때, 도저히 회복 불가능한 차이를 가진 몸이구나 깨달았을 때, 높이 날지

못하고 흐느적거리다가 고꾸라지는 풍선을 보는 것처럼 나는
묵연해지곤 했다.

생각하지 말고, 고민하지 말고, 일단 시작하라는 조언을
믿어야 한다는 걸 안다. 고민하고 실의에 빠지는 순간조차
다람쥐처럼 알알이 모으려 바쁘게 몸을 움직여야 간신히
'보통'일 뿐이지만, 그래도 악의 없는 담백한 조언들에 토를
달아서는 안 된다. '행복합니다'나 '이겨냈습니다'처럼,
'고맙습니다' 말하는 걸 잊어서는 안 된다. 예의 바르고 착한
얼굴로 감격한 눈빛으로 고맙다는 말을 되돌려주는 것만이
내가 시도할 수 있는 유일한 담백(淡白)이라니 견딜 수 없지만,
'고맙습니다' 말하고서, 어서 빨리 다람쥐처럼, 알알이 노력을,
알알이 성실함을. 알알이 순수함을, 알알이 희망을.

이토록 찬란하고 아름다운 사회를 유지하기 위해
'가난'이 필요하단 걸 알게 되었을 때, 가난을 제대로 기록하지
못한 나는 비참해졌다. 누군가는 필연적으로 '가난'해야 하는
사회라는 걸 아는 나이가 되었을 때, 더 이상 '행복'의 풍선을
헉헉거리며 불지 않아도 된다는 걸 깨달았다. 한 공간 속에
공존하는 다차원처럼, 나의 한 시간이 그들의 한 시간과
다른 가치라는 걸 깨달았을 때, '노력'이나 '희망'의 풍선
불기를 그만뒀다. 아마도 나는 그때 처음으로 누워 있지 않고,
누워 버둥거리지 않고, 제 몸으로 일어나 앉았는지 모른다.
'게으름'이라거나 '실력 부족' 혹은 '성실 미달'이란 글자들이
번쩍거리며 심장을 쿵쾅거리게 했지만, 다시 돌아눕거나
버둥거리지 않기로 했다. 무릎을 끌어 모은 채, 혼자만

생기발랄한 그것과 더 이상 날마다 전쟁을 벌이지 않은 채,
비로소 내가 앉은 자리를 더듬거렸다. 아! 이만큼, 여기까지,
여기서 끝. 발기하지 않은 희망의 몸을 그때 처음 보았을
것이다.

속도를 내며 질주하는 새빨간 '성공'이나, 총천연색으로
번쩍거리며 둥실둥실 떠오르는 '희망'과는 상관없이, 여기에
남은 남루한 내 몸을 처음으로 어루만진다. 그래, 여기에 내가
있지. 겨우 이것뿐이더라도 나는 여전히 여기 있지. 회피하지
않고, 가난한 나를 직면하고서, 아마 잠깐 찔끔거렸는지
모른다. 눈물은 가난한 것들이 무슨 수를 써서라도 감추어야
할 수치(羞恥). 눈물을 닦아내야 한다는 것조차 사회의
억압이란 걸 알면서도, 나를 위해 눈물을 닦았을 것이다.
그래서 일어섰고, 전쟁을 그만뒀고, 너무 늦은 걸음을, 나를
위한 걸음을 시작했을 것이다.

나를 낳은 몸들을 핑계 삼고, 아버지나 엄마라는
그 불쌍한 몸들을 짓밟고 일어서려 애쓰면서, 나는
부끄러운 줄도 모르고 내가 한 짓거리들을 길 위에 그리고
적었는지 모른다. 지웠든 지우지 못했든 이제 나는 한 번쯤
암각화(巖刻畵)처럼 새겨져 굳어버린 '수치' 앞에 서야 한다.
단 한 번도 내 것이지 않았던, 버렸든 빼앗겼든 애초부터
없었든 이쑤시개 하나 같은 자존감을 움켜쥐고서.

고립은 공포가 아니다. 고독은 절망이 아니다. 인간을
부품으로 작동시켜야 하는 이 사회가 고립이나 고독을
공포로 내몰았을 뿐, 인간이라면 누구나 고독과 고립 속에

생을 배운다. 스크럼을 짠 목숨 건 의지도 고립되고 고독한 개인으로부터 출발한다. 세뇌된 욕망과 억압으로부터 나를 유폐(幽閉)해야, 스스로 기꺼이 가난해지는 법을 알아야, 우리는 비로소 어떤 몸이든 일으켜 나를 위한 출발점 앞에 설 것이다.

손가락 끝에 달고 태어난 칼날들로 무수히 긁고 또 긁어 흉터 가득한 얼굴을 마주하더라도, 이제 그만 놀라기를 멈추시라. 그건 네 얼굴, 네 흉터, 네 몸의 칼로 네가 만든 네 상처. 온통 피범벅인 자신을 누군가와 견주며 참혹함 한가운데로 다시 내몰고, 다친 몸을 또 한 번 긁는 짓 따위는 지금 당장 그만하시라. 단호히 멈추고서, 고작 그것뿐인 빈 손을 헛바닥이라도 내밀어 스스로 핥아야 한다. 악몽을 계속 주입하는 이 시대의 공포에 더 이상 속지 않기 위해서.

텅 빈 몸은, 가난이 아니다. 돌아 누운 몸이 가난이다. 자꾸 움츠러들기만 하는 몸이 이 시대가 주입하는 가난이다. 그래야 부유함이 성공이 되고, 누군가의 노동을 바보 짓 만드는 영리함이 칭송 받고, 다시 또 욕망을 추동시켜 이 사회에 필요한 거대한 기계를 돌릴 테니 말이다. 성공과 나란히 실패를 각인시키고, 부유함을 가난의 등짝에 단단히 동여매, 끝없이 욕망을 부추기는 것이 이 사회가 반드시 필요로 하는 가난이라는 몸의 정체성.

내가 얼마나 멀리 왔는지, 그것만 기억해야 한다. 앞만 보고 달려오지 않았다, 질주하지 않았다, 겁에 질려 내달리지 않았다! 내가 결정하고 판단한 속도로 여기까지 온 나를, 내가

패인 몸

39

지난 거리를, 발자취를, 다시 또 '가난'으로 폄하하지 말자.

'멀리 왔구나, 살아남았구나.' 이쑤시개를 든 어제보다 노련해진 몸을 기억할 때, 고즈넉한 얼굴로 어제의 가난을 돌아볼 때, 그제야 비로소 우리는 가난의 다른 몸을 알게 된다. 여기에 나와 함께 도착한, 내 가난과 절망이 끌어 모은 조각들을. 나를 위한 조각들, 추억이 된 조각들을.

그 순간 우리는 벗어날 수 없다고 믿었던 가난으로부터 제일 큰 보폭으로 도약할 수 있는 게 아닐까? 어떤 존재도 상상하지 못했던, 나만의 꿈틀거리는 몸을 알게 될 테니 말이다. 도저히 가능하지 않을 것만 같았던, 발기하지 않고도 일어선 내 가난의 생생한 몸.

오십이 가까워, 나는 그제야 조금 허리를 폈다. 결핍으로 구멍이 숭숭 뚫린 지난날들이 이따금 그물처럼 머리 위에 내려 앉는다. 박탈감과 열패감을 강요하며 혀를 날름거리는 그 찬란한 현재의 주둥이 앞에, 나는 이제 "우와, 좋겠다!"고 주저 없이 대꾸해 주고서 돌아선다.

나보다 온전한 몸을 가진 누군가, 나보다 부유한 가계에 태어나 자란 누군가, 사랑을 듬뿍 받고 자란 누군가, 근사하고 멋진 삶을 자랑하는 누군가를 향해, 나는 이제 간단히 그들이 기대하는 만큼의 환호를 더해주고서, 곧 다시 나를 위한 몸으로 돌아와 나를 본다. 내 몸이 된다. 내 몫을 헤아리며 웃는다. 내 몸, 내 봄.

철 없을 적 꼬깃꼬깃 기록했던 내 몫의 수치를 다시 적기 위해 땀흘려야 하지만, 내 땀은 가난과 다르지 않은 여전한 남루함이지만, 기꺼이 내 몫을 위해, 땀을 흘리기로 한다. 살아남은 몸을 위한 땀이다. 더 이상 겁에 질리거나 공포에 질릴 필요 없는, 나는 웃는 얼굴의 프레디. 어서 와, 내 가난.

자기 연민 금지, 오십 살에는 금지

기록하는 행위를 사랑한다. 글로든 사진으로든 영상으로든
어떤 시간을 기록할 때, 나는 '남긴다'는 행위보다 '잃지
않는다'는 행위에 더 몰입하는 듯하다. 한번은 기록만이
유일하게 '시간을 거역하는 일'이라고 적었는데, 그때
'거역(拒逆)'의 의미는 '잃지 않겠다'는 의지에 가까웠다고
나는 확신한다. 아마도 한 인간으로 시간이 강압하는
질서를 내 방식으로 벗어나고 있다는 쾌감이었을까? 자연이
부여한 '몸'에 변형을 가해 실존의 행복을 찾으려던 시도와
유사한지도 모른다. 나는 주어진 것들과 능동적으로 공존하는
몸이기를 원한다. 기록은 또 하나의 몸이며, 그 몸으로
적극적으로 삶에 가 닿는 행위다.

　첫 '기록 행위'는 보통 '일기'일 것이다. 그러나 숙제로

쓴 일기는 자신의 삶을 담기보단 교사나 부모의 욕망을 담았다고 해야 하는지 모른다. 개인의 삶이 담겼지만, 담기지 않았다. 부주의하게 담겼거나, 개인의 의지가 삭제된 채 부모의 의지가 담겼거나, 혹은 도식화된 절차에 따라 기록된 보고서에 가까웠는지 모른다. 보고서와 일기의 차이점은 아주 선명하다. '나'가 얼만큼 담겼는가 하는 문제. 그냥 '나'가 아니다. 능동적으로 적극적인 나만의 방향성을 지닌 '나'다.

소셜 미디어가 기록 매체로 자리잡으면서 나 역시 그에 포섭되어 있다. 페이스북은 조금은 공적인 공간으로, 인스타그램은 사진첩으로, 유튜브는 '부부' 혹은 '가족'으로서 그와 내가 같이 쌓아 올린 공동 기록지이길 바라며 쓴다. 소셜 미디어 중독을 경계하며 업로드된 사진과 실제 현실의 격차를 담은 피드를 본 적이 있다. 현실을 과장하거나 판타지화한 사진을 올리고픈 마음에 문제가 있다고 생각하진 않는다. 우리가 사유하고 증명해야 하는 것은 몇 장의 SNS 사진이 아니라, 어느새 우리 안에서 떼어내기 쉽지 않은 주입된 욕망의 근원이다.

타인을 향한 '부러움'은 왜 촉발되는 걸까, 내 자아의 '비루함'을 확고하게 인지하기 때문일까? 그 비루함은 누구에 의해 기입된 것일까, 내 확신이고 의지일까? 우리는 주체성이나 자아가 물음표 뒤에 단정하게 드러날 한 줄 문장이리라 믿지만, 그건 책 한 권이거나, 여러 권이거나, 평생 수집해야 하는 근사한 장서 같은 것인지도 모른다. 아니면 쓸모가 없다는 걸 알면서도 결코 내다버릴 수 없는 방 안 가득

채워진 파지 더미인지도 모르고.

당신은 주체적인가 누군가 나에게 묻는다면, 나 역시 곰곰이 고민하는 수밖에 없다. '그들의 삶은 주체이지 않다'라고 단언할 때 역시 동등한 고민이 담보되어야 한다. 우린 너무 쉽게 '나쁘다'고 말하고, '틀렸다'고 말하고, '정답'을 달라고 하고, '해답'을 스크롤 하면 된다고 믿고, '주체성'이나 '자아'의 링크를 확보했다고 확신한다. 별로 주체적이지 못한 건 어느 쪽이나 마찬가지다.

그다지 부러운 건 없는데 '평화'를 향한 부러움은 꽤나 선명하다. 남북 통일, 세계 평화 말고, 실존적 존재로서의 평온함이 나는 참 많이 부럽다. 베트남 다낭의 최고 풀빌라 리조트 따위는 부럽지 않은데, 사방이 투명한 벽으로 고립된 숲속 혼자만의 평온은 꽤나 부럽다. 그렇다면 내가 원하는 고립은 존재론적 고민이나 혼란에서 벗어난, 물아일체된 평온의 극한인 걸까? 그런 게 가능할까, 가능하지 않은 걸 왜 계속 꿈꾸고 있는 걸까? 모르겠다. 하지만 그런 부러움을 가진 나를 안다. 그래서 내 소설에는 사람이 적은 편이고, 주인공은 숲속으로 가고 싶어 하고, 비상계단에 있고, 근원으로 돌아가려 애쓰기도 한다. 내가 찍은 사진 속엔 사람이 없고, 나도 없고, 뒤집히고, 포개어지고, 어긋나고, 뒤틀려 있다.

사람이 만든 세계나 질서 속에 내가 원하는 평온은 없다는 걸 본능적으로 깨닫고 있는 걸까? 네깟 것도 결국 같은 몸뚱이, 인간이면서, 쓸모를 삭제한 살덩이 하나 잘라놓고 극한의 평온을 꿈꾸다니, 말도 안 되는 욕망 천지인 것을

혼란 기쁨

전시해놓으려 하면서. 제 욕망을 들여다보는 일이 어디까지 가능한지 자주 회의한다. 치마를 들치거나 바지를 내리는 것만으로는 충분하지 않다. 자지를 잘라내거나, 보지를 꿰맨다고 이루어지진 않을 것이다.

  나는 기록하는 행위를 사랑한다. '잃지 않기' 위해 샅샅이 긁어 모아 내 존재의 방 안 가득 쌓아 움켜쥐고 있는데, 이상하게도 아무것도 기록하지 못했다는 걸 깨닫기도 한다. 숙제했나, 보고서 썼나, 착실하게 문장들을 제출하고, 칭찬받기 위해 서 있는 기분이다. 갑자기 울고 싶어진다. 울면 안 되지, 그건 오십 살에는 금지. 자기 연민 금지. 자학 금지, 자해 금지. 욕망하지 말자고 다짐하고픈 욕망 금지. 기록의 행위를 사랑하다 보면, 기록(記錄)도 사랑할 수 있게 되는 걸까? 나는 기록의 행위를 사랑한다. 기록을 사랑하지 못하고.

'예쁘다'의 예쁜 것

여성으로 살면서, 마음껏 예뻐질 수 있어 좋았다. 아, 오해는 금물. 나의 언어 중 '예쁘다'의 의미는 꽤나 포괄적이고, 양가적이며, 내 몸을 통과해 종잡을 수 없는 방향으로 마음껏 펄떡거리는 측면이 있다. 외면이 예쁘다고 주목 받기 쉬운 시대지만 나는 여전히 그의 실존에서 예쁨을 발견하곤 한다. 타자 앞에 선 태도에서, 다른 몸을 지닌 존재 앞에 선 겸허한 몸에서, 틀리고 실수하지만 그래도 포기하지 않고 끝까지 주고받으려는 언어에서, 그 몸으로 난 책임감에서, 예쁨이 드러나곤 한다. 가진 것 없이도 예쁜 사람, 홀로 남아도 예쁜 사람, 존재의 품이 넓어 더 예뻐진 사람들을 자주 만났고, 참으로 반가웠다. 사회적 여성으로 살아오면서 더욱 자주 그럴 기회가 있었다. 그러니 당신 기준으로 함부로 단정하고 결론짓지 말고, 끝까지 당신의 '예쁘다'와 나의 '예쁘다'를 가만히 가늠해 주시길 바란다. 서로 다른 '예쁘다'를 확인하며 우리 더 예뻐질 기회가 되길.

나의 스물과 서른 시절, '예쁘다'는 오직 여성의 권리였다. "남자가 예뻐서 어디다 써?" 나이 좀 먹고 어른이 되었다고 뻐기는 사람들은 모두 손을 젓곤 했다. 그런 남자는 '기생오라비' 같다고 혀를 내두르면서. 이제 시대는 달라졌다. '예쁘다'는 성별을 가리지 않고 모두에게 유효한 말이 되었다. 여전히 몇몇 남성은 자신을 두고 '예쁘다'고 하는 말을 질색하며 물리치지만, 그 용어는, 제 새끼를 예뻐하는 고슴도치에게도 적확한 것처럼, 운신하지 못하는 늙은 양육자의 목덜미에 턱받이를 하고 얼굴을 씻기며 어떤 자식이든 해야 하는 말인 것처럼, 성별에 갇힐 때 가장 사소하고 아주 볼품없어진다.

그러고 보면 내가 적었던 '마음껏 예뻐진다'의 의미도 시간이 흐르며 꽤 달라졌다. 처음에는 어떻게든 (사회가 요청하는 여성이 되려고) 불편을 감내해야 하는 것이 '예쁘다'를 위한 과정이라 믿었다. 아이라이너를 그리며 도무지 익숙해지지 않아 씩씩거리기도 했다.

지금은 아주 간단히 얼굴을 다듬는 '편리한 예쁨'을 내 것으로 만들어 '나의 예쁨'을 즐기며 산다. 속쌍꺼풀이라 아이라이너 대신 라이너 문신을 했고, 파운데이션을 바르는 대신 선크림과 비비크림 기능을 합친 피부톤 보정 제품 하나만 바른다. 나이트크림이고 아이크림이고 이전에는 숫자를 세어가며 꼼꼼히 발랐던 때도 있지만, 깨끗한 물을 자주 마시고 잠을 푹 자는 것만큼 좋은 피부 보약은 없다는 걸 알게 되는 데 오래 걸리지 않았다.

흡연은 원래 하지 않았고, 최근에는 건강 때문에 술까지 끊으면서 피부가 훨씬 더 환해진 느낌이다. 지금은 만 원이면 900밀리리터짜리 두 통을 살 수 있는 수용성 성분의 바디크림을 죽죽 짜내, 몸에도 바르고, 얼굴에도 바른다. 오십이 지나면서 아무리 비싸고 좋은 걸 발라도 새빨갛게 발진이 일어나며 피부가 뒤집어지기 시작했고 끝내 단 하나, 내 피부에 쓸 수 있는 것은 그 오천 원짜리 바디크림이라는 걸 알게 됐다. 그 후로 다른 건 전혀 바르지 않고, 인터넷으로 한꺼번에 서너 통씩 사 두고 쓴다.

'예뻐진다'는 것이 겨우 '도드라지기 위함'에 불과하다는 걸 깨닫고 나서, 더더욱 '예쁘다'는 내 안에서 여러 번 그 의미의 몸을 바꾸었다. 가뜩이나 도드라진 인간, 나는 별로 도드라지고 싶은 사람은 아니었다. 자본주의 사회가 권하는 '예쁜 얼굴', '예쁜 피부', '예쁜 몸매'가 곧 '특별한 보편성'을 획득하기 위해 애쓰도록 강요한다는 걸 알게 되고서, 더더욱 나에게 어울리지 않는 '예쁘다'의 의미를 탈락시켰다. '예쁘다'는 말이 여성의 큰 가슴과 큰 골반에 집중 조명되고, '섹시하다'는 말이 '건강하다'는 의미에서 유리되기 시작하면서, 그 언어의 목적이 과연 무얼까 의심할 수밖에 없었다. 내 안에 '예쁘다'는 언어의 의미는 또 바뀌고, 전환되었다.

혼란 기쁨

남성도 다르지 않다. 이 시대에 유효한 '예쁜 남자'의 의미는 화장을 짙게 하고 생기발랄한 몸짓을 지닌 사람을 뜻하는 듯 보이지만, 나에게 '예쁜 남자'는 오히려 '다정한 남자'라는 것도 알게 되었다. 이 시대를 살기에 유리한 큰 몸을 지녔음에도 누구에게든 정중하고 다정한 태도를 지키려는 모습이 그렇게 예뻐 보일 수 없다. 그런 남자가 약자를 지키기 위해 적확한 때 앞으로 나서 제가 가진 몸을 사용할 때 보여주는 '예쁨'은 그야말로 인류애적으로 아름답다.

'예쁘다'의 의미를 스스로 정확하게 알 때, 끊임없이 욕망을 주입하는 시대의 의도를 충분히 간파하고, 그 속에서 자기 욕망을 실현시킬 '예쁨'을 내 것으로 만들 때, 사람은 사회적 의미로서가 아니라 주체적 의미로도 예뻐진다. 실존적 아름다움을 인지하고 또 획득한 개인으로서, 참으로 예쁘다. 그들이야말로 어떤 몸으로든 끝까지 예쁘게 늙어갈 수 있지 않을까?

누군가는 예쁨을 '본능'이라고 갈음하기도 하는데, 인간의 본능이 자신과 다른 누군가를 타자화하고 위계 지어 그 위에 서려는 욕망을 의미하는 게 아니라면, '예쁘다'라는 깃발 아래 모여 개인이 얻게 되는 이득이란 아주 사소하고 협소할 것이다.

오십 중반이 되니 흰 머리카락이 피부를 뚫고 나와, 속속들이 자란다. 눈처럼 온통 새하얘지기를 바라지만, 동아시아 지역 유전자를 지닌 사람에게는 쉽지 않다고 한다. 육십의 내 아버지는 꽤 멋진 은발을 가졌던 것으로 기억하는데, 그 정도는 될 수 있지 않을까 기대한다. 그때는 어떤 얼굴이 어울릴까, 입술 색깔은 조금 짙어도 될까? 옷은 가능하면 단순하게 입는 편이 좋겠지, 은발과 어울리는 무채색 혹은 단색으로.

쭈그리고 앉아 원고만 몇십 년 쓰다 보니 긴 목에 굵은 주름도 층층이 쌓였다. 그럴 땐 주름이 아니라 어깻죽지를 자꾸 주물러 줘야 한다지? 팔꿈치 아래 겨드랑이를 마사지해야 한다고? 그래야 주름이 나이테처럼 가지런하고 선명하게 내 몸 위에 그려질 테니 말이다. 내가 견뎌온 시간을 증명하는 몸에, 화룡점정처럼 느긋하게 웃는 미소도 같이.

예쁘고 싶은 마음은 어떻게 절대적 힘을 지니게 되었을까? 객관적일 수 없으면서도 보편의 답을 지닌 것처럼 착시를 일으키는 그 의뭉스런 언어를, 어떻게 해체해 나를 위한 의미망으로 길어 올릴 수 있을까? 그 그물엔 무엇이 걸릴까, 어쩌면 작고 보잘것없을 포획물에 나는 만족할 수 있을까? '예뻐지고 싶다'는 마음을 어느 방향으로 쪼개야 내 것이 될 수 있을까, 아무리 해도 엉뚱한 것만 배우게 될 것 같은 그 조급함은, 언제고 한 번쯤 예뻐질 수 있을까?

늙은 몸을 가지고도, 낡은 사유의 몸을 가지고서도, 계속해서 예뻐질 방법은 무얼까 생각한다. 고민은 아마도 죽을 때까지 이어질 것이다. 남은 생도 '마음껏 예뻐질' 수 있도록 준비할 참이다. 그 준비는 이미 시작된 거라고 믿고 싶다.

혼란 기쁨

불편한 질문, 하나 해도 돼요?

'한 사람'에 관해 적으려 한다. 그는 이 사회가 규정하는 생물학적 여성이다. 글을 쓰고, 나는 그의 책을 한 권 읽었고, 서점에서, 강연 자리에서, 중앙동 40계단 앞 어딘가에서, 우연히 그를 본 적이 있다. 반갑게 인사했고, 또 보자고도 했고, 앞으로도 어디서든 다시 보게 될 사람이었다.

나를 '트랜스젠더'라고 호명하는 것처럼 그를 명명하는 언어가 실재하지만, 나는 그 언어를 신뢰하지 못한다. 어떤 말은 발화하는 순간 오염된 인식이나 감정도 동시에 쏘아 올린다. 머릿속에 '그런 몸을 가진 사람들'을 떠올리는 순간, 사유는 왜곡되고, 합리는 편협해지며, 감정은 엉뚱한 데 도착한다. 그래서 끝까지 그에 관해 적으면서도 이 사회가 지시하는 그 단어를 적지 않을 셈이다.

패인 몸

그가 가진 몸에 관해 먼저 설명하자면, 팔과 다리는
내가 가진 것과 모양이 약간 다르고, 내 몸과 다른 반경, 다른
방식으로 움직인다. 그의 언어 또한 같은 언어를 사용함에도
다르게 전달되고, 많은 부분 오해되거나 오인되어, 아마도
그는 많은 말이 탈락할 것을 각오하면서 발화를 계속하는
중일 것이다. 매번 애써 보지만 그가 하는 말의 반절 정도를
잃어버리고 마는 것이 부인할 수 없는 현실.

그이 탓은 아니다. 하필 언어를 이 따위로 만들어, 나와
같은 방식으로 입을 벌리고 혀를 움직이는 몸만을 생각하고
만들어 그의 언어가 유실되는 것일 뿐, 그러니 그의 언어가
와닿지 않는 것은 우리 탓일 가능성이 농후하다. 아니,
유실되었다고 믿는 판단 역시 이쪽의 정의일 뿐, 어떤 결론도
섣부를 것이고, 편협할 것이라는 점만 분명하다.

몇 차례 그 사람과 우연한 만남 혹은 지나침을
반복하다가, 어떤 강연 자리에서 관객석에 나란히 앉게
되었다. 반갑게 인사를 했고, 주변 사람들과도 인사를 나눴고,
강연이 시작되기까지는 아직 조금 시간이 남았고, 일찍
도착한 사람은 우리 포함 몇 되지 않았다.

여전히 '유실'을 피해갈 수 없는 엇갈린 대화를 이리저리
나누다가, 나는 조심스럽게 그에게 한 가지 불편할 수도 있는
질문을 해도 괜찮겠느냐고 물었다. 나한테도 불편할 수 있는
질문 한 가지 해도 괜찮다고 애써 평등한 척해 보았지만, 나는
내 질문이 그에게 폭력적일 수밖에 없을 것임을 알고 있었다.

나 역시 무수히 많은 폭력적 질문을 감내해야 했던

삶이고, 그 역시 다른 몸을 지닌 삶을 사는 사람으로서,
폭력적 순간은 비처럼 쏟아져 내렸을 것이다. 그럼에도
질문을 기어이 꺼내고자 마음먹었던 것은, 그의 세계를
이해하는 우리 방식이, 아니 내 방식이 틀렸다는 걸 확인하기
위해서였다. 그건 그 몸을 사는 사람에게서만 들을 수
있으니까. 내 몸에 새겨져 있을 편협함을 평생토록 반복하는
짓은 싫었고, 모르기 때문에 쓰지 않겠다는 비겁함도
반복하지 말아야 했고, 누구보다 내 글이 어떤 몸이라도
종횡하기를 바랐기에, 머리를 깊숙이 조아리며 부탁했지만,
이 또한 지극한 편협함의 증거.

다행히 그는 간단히 그러라고 허락해 주었고, 나는
조심스럽게 입을 벌려 단어들을 골랐다. 혹시… 작가님도 그
몸으로부터 자유로워진 시간이라는 걸… 그리워… 하느냐고
나는 물었다. 생각의 눈을 질끈 감고, 다음 질문도 쏟아냈다.
꿈속에서는 스스로를 어떻게 인식하냐고, 몸에서 벗어난
정신세계이니 더 큰 자유를 느끼냐고, 나는 식은땀을 흘리며
주먹질 같은 질문들을 쏟아내고서 오금이 저렸다.

정작 당사자는 잠시 골똘해졌을 뿐인데, 곁에서 듣고
있던 사람들이 흠칫 놀라 앞에 놓은 물잔을 너나 할 것 없이
집어 들었다. 서로 눈치를 살폈고, 나를 향해 뜨악한 눈빛을
감추지 못하는 사람도 보였다. 대답하기 싫으면 안 해도
된다고, 화나거나 불쾌하면 나를 때리라고, 그래도 된다고,
몇 번 만난 관계의 힘을 빌려 과장되게 농담조로 무거워진
분위기를 바꿔 보려 했지만, 아무도 따라 웃지 않았다.

다행히 그 사람은 가볍지도 무겁지도 않은 태도로
담담하게 대답해 주었다. 평상시에는 대부분 유실되었던
언어가 그 순간만큼은 명징하게 들려왔다. '아니'라고. 자신은
그런 자유를 딱히 그리워하지 않는다고. 꿈속에서도 지금 이
몸으로 산다고.

　나는 순간 깊은 안도의 숨을 내쉬었다. 그의 삶에
불편함과 불리함이라는 짐이 지워진 것은 그 몸이 자신만의
편리를 지키며 살 수 있는 환경이나 인식이 여기에 없기
때문이지, 그의 인식이나 그리움이, 그의 삶이, 곧 그의
불편함은 아니라는 것. 어쩌면 다른 방식으로 '불구성'은
우리가 가진 몸을 향해서도 동등하게 적용 가능한 의미라는
걸, 나는 그 순간 단박에 확인할 수 있었다. 정작 '당사자'라고
명명되는 그에게는 없고 우리 안에만 존재하는, 한심하도록
왜곡되고 비틀린 자기기만의 결과인지도.

　나한테도 질문을 해달라고, 무엇이든 다 대답해 주겠다고
말했지만, 그는 별로 알고 싶은 게 없다고 했다. 대신 옆에
있던 누군가 복수(?)해 주겠다는 듯 발끈한 목소리로 나를
향해 질문했다. 그럼 김비 씨는 꿈속에서 스스로의 성별을
어떻게 인식하느냐고, 꿈속에서도 여성으로 인식하냐고.

　그리고 나 역시 담담하게 대답했다. 성별 인식 같은
건 꿈속에는 없는 것 같다고, 수술한 자리에 (인공 질을
만드느라) 뒤집어 박아 넣은 남자 성기의 표피가 두 다리
사이로 떨어져 나와 덜렁대는 꿈은 꾸어본 적 있다고 말해
주었다. 정말 끔찍했다고 몸을 부르르 떨면서.

꿈속에서 나도 그저 '나'일 뿐이었다. 공포에 질리는 나, 두려움을 품은 나. 그럼 내 몸은 왜 내 인식과 조응하지 못했던 걸까, 왜 수술까지 하고 나서야 안심을 획득하게 된 걸까? 나는 남자 성기의 표피처럼 저절로 이끌려 나온 스스로를 향한 질문을, 차마 입 밖에 꺼내진 못했다. 내 언어는 또 왜곡될 것이다. 해답도 없이, 누군가의 짐작이나 생각을 비틀기만 하고 책임지지 못하는 나약한 언어로.

　　대신 나는 우리가 불편할 수 있는 질문을 꺼내 놓을 수 있는 서로가 되면 좋겠다고 말했다. 양해를 구하고, 언어가 비틀려 야단을 맞더라도, 짐작이나 상상만으로 혹은 우리도 모르게 이식된 잘못된 팩트들을 섣불리 일반화하지 않도록, 그래서 더 큰 폭력이나 상처가 되지 않도록, 가장 낮은 담장을 넘어 서로를 향해 다가갈 수 있으면 좋겠다고 했다.

　　다행히 모두가 고개를 끄덕였고, 이번에는 같이 웃어주었다. 그에게 대답해 주어 고맙다는 말을 거듭 반복했고, 나한테도 궁금증이 생기면 언제든 어떤 질문이든 망설이지 말고 해달라고 했다. 형편없다고, 그런 질문 안 하는 게 낫다고 생각하지 말고, 담장을 넘어와 달라고. 기다릴 테니까, 어떤 속도든 기다릴 테니까, 어떤 방식으로든 이쪽을 향해 다가와달라고. 그런 몸짓을 해달라고.

　　아직 내 정체성을 찾지 못했는지 모르지만, 쉰을 넘기며 오히려 더 멀어졌는지 모르지만, 건강하고 반가운 사람으로 이 생을 끝내고 싶다는 바람은 더 강해졌다. 모두에게 좋은 사람이 될 필요 없다는 날 선 언어가 힘을 얻는 시대지만,

그런 사회를 지키는 건 '좋은 사람'들이다. 그들이 주고받는 관계의 미약한 힘이 건강하고 좋은 세상의 밑절미란 걸 나는 안다.

당신의 성별이 무엇이든, 몸이 어떻게 생겼든, 속도가 얼마나 빠르든 느리든 상관없이, 어디서 만나도 반가울 '좋음'을 소중히 여기고 갖고 싶다. 겨우 낮은 담장밖에 뛰어넘을 줄 모르는 나약함이겠지만, 기꺼이 먼저 뛰어넘을 수 있는 힘으로.

언제든 이쪽으로 오시라, 나도 반가운 얼굴로 그쪽으로 가겠다.

자궁^{子宮}은 없습니다만

내 또래, 그러니까 오십 대 초중반의 한 강연 참가자와 몸에
관한 내밀한 얘기를 나눈 기억이 있다. '자궁' 이야기였다.
여성으로 살지만 가져본 적 없는 것이라, 나는 아마 귀를
쫑긋 세웠을 것이다. 현실일 수 없는 미지의 것이라, 아마도
'자궁'에 관한 판타지를 지닌 채였는지 모른다.

　　갖지 못한 것, 모르는 것을 향한 사유는 '짐작'이나
'예상'을 넘어서지 못한다. '짐작'이나 '예상'은 이상향이든
불안이나 공포를 향하든, 결국 판타지의 일부이므로 현실과의
괴리를 피할 방법이 없다.

　　그러니 당사자나 당사자의 신체가 아닌 이상 그
괴리를 내 몸처럼 승인해야 한다. 배타적인 당사자주의에
힘을 실으려는 게 아니다. 그 격차를 견디면서 계속해서

패인 몸

판타지를 나눠야 한다는 쪽에 가까우니, 오히려 그 반대다. 깨부술 건 깨부수고, 지켜야 할 알맹이는 무언지, 감각의 격차를 확인해야 한다. 자궁이 있든 없든, 그 신체가 어떻게 불리든 상관없이, 타자를 알기를 포기하지 않는 것이 이기적 유전자를 지닌 인간의 책무이기에.

내 또래 지정성별 여성인 그가 말해준 자신의 자궁에 관한 이야기도 내 예상을 훌쩍 뛰어넘었다. 그는 얼마 전 자궁 적출 수술을 했다고, 지갑에서 동전 하나를 내밀듯 털어놓았다. 순간 나는 열 명 남짓한 프로그램 참가자들 눈치를 살폈는데, 그는 아무렇지 않다는 듯 남편이란 '작자'를 향한 비난으로 이야기를 이어갔다.

자궁에 문제가 생겨 피를 철철 흘리며 욕실 바닥에 쓰러지고 말았는데 남편이란 '작자'가 피가 무섭다고 욕실 문턱을 넘어오지 않더라는 것이었다. 자식새끼를 둘씩이나 낳고 옹색한 벌이에도 살림을 꾸려온 자신을, 기껏 피가 무서워 감싸 안을 엄두조차 내지 못했다는 현실이 견딜 수 없이 억울한 모양이었다. 생리통이 심해 고달팠던 젊은 시절을 생각하면 떼어낸 게 아주 후련하더라고 말하면서도, 그 '작자'를 향한 비난은 그칠 줄 몰랐다.

예상치 못한 대화가 이어졌다. 또 다른 여성도 자궁 적출 수술을 받았노라고 응답한 것이었다. 사십 대 초반이었지만 자궁에 문제가 생겨 수술을 받을 수밖에 없었다고 했다. 헌데 수술을 받기 위해 반드시 남편의 동의가 필요하다는 의사 말이 유독 가시처럼 생각의 몸을 찌르더라고 했다. 의사는

수술을 진행할 때 보호자의 동의가 필요하기 때문이라고
설명했지만 남편 이외의 보호자 자격을 두고 또 한 번
참가자들 사이에 '짐작'과 '예상'이 이리저리 오고 갔다.

프로그램을 진행하는 사람은 나였지만, 여성의 몸을
알지 못하는 처지였으니 무어라 말을 보태기 조심스러웠다.
자궁이나 생리, 여성의 몸에 관한 담론을 유독 쉬쉬하는 사회
분위기를 문제 삼는 지루한 지적이 할 수 있는 전부였다.

사실 좀 더 적극적인 얘기를 개진하고 싶었는지 모른다.
자궁을 둘러싼 나이에 따른 감정의 변화라든가, 여성이라는
정체성과 자궁이라는 신체의 관계라든가, 자궁을 가진
존재로 보호 받는 게 당연하다는 듯이 취급 받는 감각의
이면이라든가, 보이지 않는 신체 변형이 가져오는 정체성의
변화라든가, 그런 복잡한 문제들에 관해 당사자의 내밀한
얘기를 듣고 싶었는지 모른다. 특히 신체 변형과 정체성
인식에 관한 문제라면 나 역시 할 말이 적지 않을 듯했는데,
끝내 거기까지 이어가진 못했다.

우리의 동질감이 실재할지도 모른다는 기대를 붙든 채
엉뚱하고 불편한 대화를 이어간다면 가능할 수도 있었겠지만,
내면화된 열패감이 자꾸 나를 머뭇거리게 했다. 대화를
이어갈수록 어쩌면 그들은 나와 이질감을 확인할 수밖에 없지
않을까? 너무 많은 말들이 머릿속에서만 스스로 묻고 답했고,
내 육체의 입은 꽉 닫힌 채였다.

2023년 1월 한 일간지에서 〈무자녀가 이기적
선택이라고요?〉라는 기사를 본 기억이 있다. 어느 50대

남성이 했다는 그 말에 기자는 '선택'이라는 말의 부당함을 중심으로 글을 풀어 갔는데, 나는 '이기적'이라는 말이 유난히 불편했다.

지정성별 남성인 그가 '이기적'이란 말을 당당하게 대놓고 할 수 있는 그 무례를 떠받친 건 무얼까? 그는 여성의 몸을 어디까지 이해하고, 알고, 생각할 수 있었을까? 얄팍한 인습적 확신이 빚어내는 여성 신체를 떠올리고 인간의 몸을 기능적인 의미로만 축소해 싸지르듯 '이기적'이란 말을 입 밖으로 내놓은 게 아닌가? 불쾌하고 혐오스러운 그의 얼굴을 활자로 마주 보는 것만 같았다.

출산하는 신체를 도구화하는 모든 사유와 말이 나는 부당하다고 확신한다. 수치로만 환산하는 저출산 정책도 마찬가지다. 복합적인 문제를, 오직 몇 가지 근거만 해결책으로 욱여넣는 방식으로는 아무리 생각해도 풀 길이 요원할 듯하니 말이다. 당장 경제적 어려움을 해결하는 것도 시급하지만 결혼이나 출산을 종용하는 이 사회의 태도나 한탄을 여성이 어떤 마음으로 마주할 수밖에 없는지, 그 격차를 이해하려 시도조차 하지 않는 타성이 참으로 안타깝기만 하다. 여성의 삶에 근본적인 변화를 가져오는 것은 거부하면서, 여성주의를 정치적으로 납작하게만 해석해 버리고 말면서, 오직 출산하는 여성만을 떠받들고 모시겠다는 태도가 얼마나 설득력을 가지겠는가 말이다.

테네시주 한 동물원에서 코모도왕도마뱀이 수컷 없이 세 마리 새끼를 혼자 낳았다는 기사를 읽은 적이 있다.

야생에서 고립되어 살고, 또 공격적인 습성을 지녀 암컷 혼자 출산하도록 진화되었다고 기사에는 적혀 있었다.

인간은 당연히 그렇고, 성별이 다르니 어쩔 수 없고, 현실이 그러니 받아들여야 한다는 주장은 언제까지 유효할까? 출산에 대한 개념과 방식을 새롭게 정립해야 할 때 낡은 성별 관념에 묶인 채 우리는 또 어떤 패착으로 여성을 폭력적으로 유린하고, 역사라고 치장하며, 스스로를 절멸로 몰아가게 될까? 〈무자녀가 이기적인 선택이라고요?〉라고 처절하게 되묻던 기사 아래 댓글은 '착실하게' 난장판이었다. 역할과 책임을 아전인수 격으로 해석하고, 여성의 신체와 여성주의를 '이기적'으로만 버무려 다시 또 극단으로 몰고 가느라 바쁘기만 했다. 그리고 마지막 댓글은 "다들 미친 것 같아. 우리나라는 망했어."였다.

여성은 시간과 전방위적으로 싸워야 하는지도 모른다. 다가올 시간만이 아니라, 모욕적이고 폭력적인 방식으로 꿰어진 '과거', '역사'와도 싸워야 한다. 기나긴 역사만큼이나 그 자장은 여전히 힘세다. 다친 몸과 마음을 조금씩이라도 건져 올리길 바라지만, 여전히 우리 사회는 그러고 싶은 마음도 없고 의지도 없이 핑계만 끌어안은 듯 보인다. 여성은 다시 또 그 자리다. 자궁을 지닌 몸, 피 흘리며 차가운 욕실에 홀로 누워 그 몸을 추슬러야 하는 자리. 찢어발기고 싶은 그 몸의 자리.

몸은 인간을 가뒀다. 인간을 자유롭게 한 것도 몸일 테지만, 자유 뒤편에 망상이 자리하듯 자유로운 몸은 또한

갇힌 몸인지 모른다. 그런 몸을 지닌 채, 자유를 획득할
방법은 무얼까? 나는 알 수 없다. 내가 획득한 자유는 지극히
개인적이며, 보편의 이름으로 주어진 각자의 신체 어느
구석에 그만의 자유가 숨어 있는지 나는 모른다.

　또한 나는 모르지 않는다. 내 몫의 자유를 최소한이라도
누릴 방식을 찾아야 했고, 수술과 치료가 필요했고, 겨우
이만큼이 최대치일까 낙담하기도 하지만, 앞으로 찾아야
할 자유 역시 몸속에 살아 있음을. 주어진 신체와의 완벽한
합일은 끝까지 완성되지 않을 테지만, 내 몸의 최대치를
지켜내기 위해 나는 언제든 어떤 전환이든 기꺼이 뛰어들
것이다.

　생물학적 몸을 지닌 여성에게, 생의 전환은 어떻게 올까?
이기적으로 집요하게 여성을 유린했던 역사가 통렬히 그
시간을 반추할 때, 그제야 조금이나마 가능할까? 몸의 생래적
불안과 사회적으로 야기된 불안이 세심하게 톺아질 때,
이기심이라는 말을 인간 사회에 되묻는 합리와 이성을 되찾을
때, 그제야 몸이라거나 출산이라거나 여성의 주체적 의지는,
비로소 그 몸의 최대치를 꿈꾸며 자유로워질 수 있을지
모른다. 여성이나 남성이라는 이름을 훌쩍 넘어, 온당한
자유를 평등하게 움켜쥔 가능성의 몸으로.

돌봄력, 초능력

몇 년 전에, 초능력을 지닌 아이를 주인공으로 소설을 쓴 적이 있다. 주인공은 '나'였다. 열세 살짜리 나. 가지고 태어난 몸을 제 것으로 받아들이지 못하는 '나.'

'염동력'이란 초능력이 생겼을 때, 주인공 아이는 행복하지 못하고 오히려 좌절한다. 물건을 마음대로 움직일 수 있는 힘이 지금의 좌절에 그리 큰 도움이 되지 않을 것이기에. 그의 가난도, 그의 가족도. 그리고 그의 몸도.

하반신 장애의 몸을 가진 또 다른 아이는 '공간 이동'이라는 초능력을 지녔다. 날 때부터 줄곧 휠체어 생활을 해야 했던 아이는 초능력을 이용해 어디든 마음대로 간다. 그러나 아이의 결핍은 충족되지 않았다. '어디든 내가 원하는 곳으로 가고 싶다'는 바람 하나가 모든 걸 이루어주리라

패인 몸

63

믿었는데, 그건 현실이 아니었다. 아이는 여전히 스스로 떠올렸던 질문들의 해답을 찾지 못한 채다.

결핍을 내재화한 목숨들은 자신의 꿈을 어떻게 찾을까? 좌절하지 않고서, 그 꿈을 지켜내는 방법은 무얼까? 나에게는 이 몸, 이 가난, 이 결핍과 함께 한 가지 능력이 주어졌다. 소설 속 아이처럼, 나 역시 그걸 나중에야 알았다. 염동력이나 공간 이동 능력 같은 초능력은 아니었지만, 그보다 훨씬 허약하고 쓸모없게 느껴지는 귀찮은 능력이었지만, 돌아보면 나를 지켜온 능력 중 하나가 아닐까 짐작한다. 나는 그 능력에 '돌봄력'이라는 새로운 용어를 붙이고 싶다. 지독한 결핍 속에서도 누군가의 끼니를 챙기고, 걱정하고, 생활을 돌보는 능력 말이다.

내 생모가 생부의 폭력을 견디다 못해 가족으로부터 탈출했을 때, 주변 사람 모두 엄마가 없으니 굶주림은 당연하고, 생활이 피폐해지리라 생각했다. 신체적으로 명백한 제약은 있었지만, 당시 사십 대였던 나의 생부는 밥하고 청소하고 빨래하는 일 정도는 충분히 가능한 신체였고, 내 위로 네 살 터울의 오라비가 있었으니 누구든 먼저 나서서 생활을 돌보아야 했겠지만, 마치 성별 유전자, 아니 트랜스젠더 유전자가 따라와 내 몫이 된 것처럼, 가사 노동은 자연스럽게 열세 살짜리인 내 몫으로 떨어졌다.

이게 무슨 뭣 같은 경우냐고 내동댕이칠 수 있어야 했는데 뭐에 홀렸는지, 어린 마음에 칭찬이라도 고팠는지, 아니면 진짜 돌봄 유전자가 내 혈관 속에 실재하는지, 나는

혼란 기쁨

가사 노동을 크게 저항하지 않고 받아들였다. 생모가 했던 것처럼, 밥상을 차리고, 아버지 술상도 차리고, 빨래도 하고, 청소도 했다.

물론 이 경험이 트랜스젠더 정체성을 확인한 근거는 아님을 명확히 해둔다. 이전부터 나는 '계집애 같다'는 이야기를 지긋지긋하게 들어왔고, 집안의 노동을 해낼 적절한 사람이 가족 안에 없으니, 자동적으로 내 일이 됐을 뿐이고, '계집애 같던' 내가 '계집애 같은' 일을 했던 것이다.

무엇보다, 가사 노동 능력과 성별이라는 염색체는 전혀 관련지을 구석이 없지 않은가? 가사 노동을 잘 할 수 있는 사람을 가늠할 때 아마도 맨 앞에 떠올려야 할 조건이 '세심함', '부지런함' 같은 것일 텐데, 그건 성별에 따라 나뉘는 것이 아니라 성격에 따라 나뉠 뿐이다.

유전자가 어쩌고, 임신을 하는 몸의 유전자가 어쩌고, 여성 호르몬의 영향이 어쩌고 그러는데, 그렇게 따지면, 오히려 성별로 나뉘어야 할 근거는 사라지고 만다. 인간은 모두 수치만 다를 뿐 두 가지 호르몬을 모두 제 몸 속에 지니고 있으니 말이다.

열세 살의 내가 성별 혼란을 갖고 있지 않았고, 내 오라비나 아비처럼 누가 봐도 '사내'였다면 가사 노동은 내 차례로 오지 않았을까? 국민학교 4학년이었던 여동생에게 돌아갔을까? 그런 생각을 곱씹을 때마다 기분이 더러워지고 만다.

그때 일찍 배운 능력은 집을 나올 때 꽤 쓸모가 있었다.

나는 살기 위해 최소한 해야 할 것이 무언지 알았다. 세 끼 밥을 챙기는 일이 무언지 알고 있었다. 간편식이 일반화된 시절도 아니었으니, 모든 건 내 손으로 만들어 내 입에 내가 집어 넣으며 살아야 했다. 가사 노동을 계속하면서도 조금의 어색함이나 불편함이 없었던 것이 내가 여성이기 때문이라고 말하는 짓은 절대 하지 않겠다. 다시 한 번 말하지만 그건 내 성별이 무엇이든, 내 다리 사이에 뭐가 달렸든 그것과는 상관없는 일이었다.

그래서 지금도 공공연하게 미디어에 등장하는, 스스로 잘 챙겨 먹지 못하고, 자신의 생활을 돌볼 줄 모르는 특정 성별의 누군가를 안쓰러운 듯 바라보는 시선이 부당하게 느껴진다. 할 줄 몰라서 안 하는 게 아니다. 하지 않아도 되었기 때문에, 안 했던 것뿐이다. 잘하지 못해서가 아니다. 대신 해줄 사람이 있다고 믿기에 안 해도 되는 인간으로 길러진 것뿐이다.

"아유, 그래서 남자들은 가정을 이루어야 한다니까요."라는 사랑과 걱정과 염려가 가득 담긴 다정한 발화는, 남성과 여성을 동시에 모독한다. 스스로를 제대로 돌볼 줄 모르는 존재가 된 것은, 그가 남자이기 때문이 아니다. 여자는 누굴 돌보아야 한다는 딱지를 문신처럼 몸에 새기고 세상에 태어난 게 아니다. 타자를 돌보는 인류애와 돌봄력이 뛰어나다면 그 초능력으로 칭송 받아야 하는 것일 뿐, 특정 염색체를 지녀서 당연한 것일 수 없다.

'돌봄의 책무'를 위한 교육은 최대한 이른 시기에 이루어져야 한다. 돈으로 해결 가능하고, 능력으로 해결

가능하지 않느냐는 반문은 너무 얄팍하다. 그는 앞으로도
계속해서 타인인 누군가를 착취할 정당한 근거를 찾을 것이기
때문이다. "돈은 내가 버니까, 내 돌봄은 네가 책임져라." 하는
아주 익숙한.

어쩔 수 없이 모성 역시 책임의 일부다. 효와 나란히,
이 나라에서 가장 존귀한 사랑으로 추앙 받는 그 관념어는,
모두가 지켜낸 만큼 그 책임 또한 모두에게 돌아가는 수밖에
없다. 억압이나 폭력을 근거 삼더라도, 혼신의 힘을 다해 특정
성별만을 떠받들 듯 지켜왔던 안타까운 모성에 대한 책임을
우리는 인정해야 한다.

'엄마의 사랑', '엄마의 희생'이 아니다. 누구보다 강력한
인류애를 장착했던 말 그대로 '초능력'을 지녔던 인간이,
그야말로 순수한 믿음으로 이 세상의 질서를 떠받친 동시에
기울게 했던 셈이다.

가족을 이루어 공동체 생활을 할 때, 잠깐 역할을 나누어
돌봄의 노동을 누군가에게 양도하고 그에 합당한 대가를
(다양한 방식으로) 지불하는 것일 뿐, 스스로를 돌보고, 곁에
있는 소중한 타인을 돌보는 돌봄의 노동은 각자의 능력,
각자의 몫이어야 한다.

어떤 노동도 서로 연결되지 않은 것은 없으니,
인간이라면 누구든 스스로 돌볼 줄 아는 인간이어야 하고,
동시에 타자를 돌볼 수 있는 인간임을 증명하고 (스스로)
확인해야 한다. 그는 가족의 사랑을 듬뿍 받고 자란 인간이
아니라, 태만한 인간일 뿐이기 때문이다.

패인 몸

그동안 누군가를 착취해 왔던 스스로를 깨닫지 못하는
사람, 누군가의 노동에 빚진 채 살고 있음을 인식하지 못하는
사회, 그런 개인과 공동체는, 계속해서 제 입맛에 맞는 이유와
근거를 찾을 것이다. 편협한 과거 속에서 '좋은 날'들을
곱씹으며, 곁에 남은 귀한 사람의 가치와 감정까지 갉아
먹으려 할 테니 말이다. 그건 '착취력'이라고 해야 할까?

어느 자리, 어떤 공동체에서든 한 인간을 위대하게
만드는 것은 그가 누군가를 돌볼 때다. 인간을 향한 것만이
아니다. 생명을 지닌 모든 것들을 자동적으로 기르고
보살피는 양육자일 때, 돌봄력을 지닌 사람임을 증명할 때,
그는 이 사회 어느 곳에서 어떤 질서의 일부이든 일부가
아니든, 그의 피부색이 무엇이든 그의 몸의 모양이 무엇이든,
그의 성별이나 생김이 무엇이든, 인간답고 위대하다.

지금까지 내가 목격해 왔던, 강력한 돌봄력으로 사랑하는
사람들과 그 세계를 지켰던 위대한 여성과 남성들이여. 혹은
여성도 아니고 남성도 아닌, 그 모든 위대한 몸들이여. 어머니,
아버지, 할아버지, 할머니, 삼촌, 고모, 형제, 자매, 친구, 동료,
이웃의 이름을 지닌 몸들이여.

누구보다 인류애적 가치를 지닌 초능력을 발휘하며
인간을 지켜왔던 당신들에게, 여기 때늦은 찬사를 보낸다.
겨우 한 몸의 인간 개체로 존재하면서도, 유전자적
이기성마저 뛰어넘고, 끝까지 그 힘을 지켜낸 당신들이야말로
참으로 아름다워 위대했노라고. 그 모든 이름들을
뛰어넘었기에, 당신들은 진정 인간다웠다고.

혼란 기쁨

외계인들의 공동체를 지구에

퀴어들이 모여 노후 얘기를 하면 으레 나오는 말이 있다. 퀴어들의 마을을 만들어 보자거나, 도시를 만들자거나, 그 비슷한 공동체를 꾸려보자는 말들이다.

그때마다 반드시 그러자고 반색하는 퀴어들이 있고, 생각 많은 눈빛으로 침묵만 지키는 퀴어들이 있다. 뒤이어 그 다짐이 어디론가 휘발되어 버린 듯한 고요가 우리 머리 위에 내려앉는다. 걱정하는 중일까, 그리워하는 걸까? 무엇을, 왜? 지금 이 순간에?

한없이 가벼워도 괜찮을 때마저, 마음은 순식간에 잠식된다. 약자이기 때문이다. 고립을 알고, 고독을 새긴 몸들이기 때문에.

개인이 고립되지 않으려면 공동체가 필요하다. 한

패인 몸

생명이 태어나 최초로 접하는 가족, 마을, 교육 기관이 그러한 공동체일 것이다. 그곳 일원으로 사회화(社會化)되면서 우리는 고립을 해소한다.

그러나 인간 사이 자연스러운 상호 작용 교육에 머물러야 하는 사회화는 폭력을 대물림하며 고착되기도 한다. 성별 역할이라든가, 그릇된 공포심, 불안, 부유함이나 외모에 관한 고정관념을 비롯해 옳고 그름을 사유하게 하지 않고 주입하기만 해 자유로워야 할 인간의 성장을 억압한다.

존중이나 비폭력의 당위를 가장 먼저 학습해야 함에도 불구하고, 성별이나 정직 관념의 피상적 이해와, 오로지 계급적 위계에 집착하도록 유도하는 정답이 정해진 교육은, 한 인간의 감정이나 감각을 이른 시기부터 훼손한다.

아이는 교육되었는가? 아니다. 아이는 왜곡되었다. 왜곡의 씨앗을 심음으로써 그의 무의식에 첫 번째 얼룩이 지는 순간일 것이다. '잘했다'고 칭찬 받아 영원히 지워지지 않을, 보이지 않는 얼룩이.

돌아보면, 나에게도 성장에 도움을 준 공동체가 없었다. (나를 품어줄) 가족이 없었고, (나를 위한 앎을) 배우는 학교도 없었고, (나와 공존할) 열린 마을도 없었다. 골목을 뛰어다닌 기억은 어렴풋이 남아 있다. 마을 주민들 목소리도 기억난다. 또래와의 뜀박질과, 같이 뛰던 그들의 등짝도 생각난다. 나를 '중성'이라고 놀리던 아이마저, 어느 순간 같이 어울렸다. 그들과 어울리며 즐거웠던 건 내가 남자가 되기 위해 노력했기 때문인가 아닌가 지금 이 순간 확신하기 어렵다.

혼란 기쁨

군대를 다녀오면 남자가 될 거라고 말하고, 여자를 만나면 달라질 거라고 하고, 어릴 땐 다 그렇다고 말하면서, '나'를 향한 걱정과 안심을 자의적으로 버무려 자신의 안위를, 마을의 안위를, 학교의 안위를 도모했던 사람들. 자신들의 이유, 근거, 합리를 위해서만 선하고 긍정적이고 아름답고 교육적이었던, 반쪽짜리 얼굴들만 무수히 기억난다.

공동체는 개인을 위한 걸까 이따금 궁금해진다. 모두를 위하면서 개인을 위하는 게 가능할까, 지금 우리는 그런 공동체를 지향하며 나아가고 있는 걸까? 지나온 시간을 더듬어 과거로 돌아갈 때마다, 텅 빈 골목을 혼자 걷는 나를 만날 때마다, 이해할 수 없는 몸을 붙들고 절규할 때마다, 그런 몸이어서 학교가 공포스러워질 때마다, 공동체라는 걸 끔찍해 하는 나를 만날 때마다, 우리의 공동체는 어떤 의미인지 묻고 싶어진다. 자격 없는 것들을 탈락시키기 위해서? 누구를 위한 자격, 무엇을 위한 자격인가? 돈을 위한 자격, 권력을 위한 자격인가?

교육이란 결국 '균형'을 찾는 과정이란 걸 안다. 각자의 균형이 모두 다르기에 그 간극을 줄이기 위해 최선을 다하는 것만이 교육의 책무일 것이다. 그런 점에서 우리의 교육은, 앞으로 나아갈 것이 아니라, 뒤로 가야 하는 것이 아닐까 이따금 상상한다. 그러니까 땅으로, 숲으로, 나무들 속으로, 바닷속으로, 더 많은 사람들이 들어가, 배우려는 사람들이 들어가, 우리가 잃어버린 것, 놓친 것들을 깨우치고, 되돌리려 노력하기를 사회의 몸속에 당위로 새겨야 하는 건 아닐까?

패인 몸

어긋난 방향으로 내몰려 있다는 걸 누구나 감각할 수 있는 위기의 시대, 간극이 더 벌어지기 전에 허리를 숙여 폐기했던 것들을 뒤적거려야 한다. 먹고 사느라 바쁘고, 지금까지 이룩한 것들이 아깝고 소중하지만, 앞으로 올 누군가의 아까울 시간을 위해, 엉망진창으로 뒤엉켜버린 것들을 조금이라도 풀어야 한다. 온 생을 갈아 넣어 치열하게 좇았던 거기에 해답이 없다면, 다른 데 있을 것이다. 어쩌면 우리가 오래 전 불태워버렸던 혼란 속에 있는지도 모른다.

폐교나 주택단지를 개조해 돌봄 커뮤니티로 구성하는 등 대안 돌봄 공동체 실험이 넓은 자장으로 퍼져 더 많은 사람들을 구하려면 어떻게 해야 할까? 중요한 것은 보이지 않는 벽을 사유하고 뛰어 넘으려는 시도가 아닐까? 공동체가 수용 시설이라는 익숙한 개념과 다르게 읽히고 느껴지도록 말이다. 어떤 몸을 가졌든 태생이나 정체성과 상관없이 모두가 안전한 삶을 꾸려가면서도, 밖으로 자유와 이상을 꿈꾸는 활기 넘치는 곳, 그런 공동체.

안전하면서도 가두지 않는 공동체는 어떻게 만들어지는 걸까? 나 역시 알지 못한다. 새로운 곳에서, 새로운 몸들이, 새로운 삶을 시도하는 일이란 그렇다. 무수히 실패하고 그럼에도 반복해 시도하는 과정 속에 해답은 송곳처럼 드러나지 않을까? 이 문명의 최초라는 것도, 모두가 안전하고 자유로운 공동체를 만들겠다는 순수한 마음이 담장 밖으로 내디딘 첫 발짝의 힘 아니었을까?

학교에 다시 가자. 학교의 학교를 만들고, 가족도 새

학교에 가고, 가부장제도 새 학교에 가고, 소수자나 다수자도 새로운 마음과 새로운 감정과 새로운 이성을 배우는 학교에 가보자. 지난 시절에는 상상도 해보지 않았던 '사람 학교'에 가보자.

가족의 가족을 다시 만들자. 믿고 의지하고 확신했던 마음을 활짝 펴, 손가락에 침을 묻혀 꼬질꼬질하게 접혔던 자리를 열심히 문질러 보자. 오래 접혔던 자리였으니 당장이라도 떨어져 나갈 것처럼 위태로워 보일지라도, 일단 해보자. 한 번 접혔던 자리가 좀처럼 펴지지 않겠지만, 끝내 원래대로 되돌아가지 못할 걸 알지만, 그래도 해보자. 틀린 쪽을 등지고 서는 것부터 시작하자. 가지 않았던 쪽으로 걸음을 옮겨 보자.

'지구'라는 이름의 여기는 또 하나의 외계 별. 우리는 이 별의 몸을 할당 받아 '지구'라는 세계를 지켜야 하는 책임을 지닌 외계인. 누구나 자격 있고, 책임을 다해야 하는 동등한 외계인.

퀴어 재생산 권리

이따금 '사람의 소멸'을 생각하면 쓸쓸해진다. 세포를 복제해 나와 유전적으로 닮은 후세를 생산하는 상상도 하곤 한다. 그 역시 나처럼 성별 정체성 혼란을 갖게 될까 아니면 지정성별 여성이나 남성으로 퀴어나 비퀴어가 될까? 상상은 누구도 가본 적 없는 방향으로 뻗어 나가다가 뒤엉킨다. 누군가를 양육한다면 나는 어떤 태도여야 할까, 얼마만큼 가깝고, 또 얼마만큼 멀어질까? 성공할까, 실패할까? 성공은 뭐고, 실패는 또 뭘까?

　언젠가 레즈비언 지인과 후세 생산에 관해 대화 나눈 적이 있다. 그러니까 성소수자라고 해서 후세와 삶을 같이 할 '권리'마저 당연한 듯 삭제되는 것에 의문을 나누는 자리였다.

　의문을 갖게 된 이유는 단순하다. 주변의 여러 성소수자

부부에게서 누구보다 탁월한 공존 감각과 돌봄력을 확인했기 때문이다. '결혼 제도'에 승인되지 못했음에도, 서로를 향한 지지와 돌봄, 반려동물에 대한 애정을 지켜보노라면 이상적 결혼 생활, 결합 관계의 현현이라는 확신을 부정할 수 없다.

트랜지션 수술을 한 경우가 아니라면, 생식 능력을 지닌 성소수자들이 다양한 합의를 통해 (어차피 비퀴어 시민의 결혼 역시 거래나 계약에 가까우니) 아이를 낳고 키워 양육과 사랑의 의미를 다른 방향으로 확장할 기회를 실험해보는 건 어떨까?

다큐멘터리 〈핵가족〉은 실제 미국인 레즈비언 부부의 재생산, 양육 과정에 관한 이야기를 생생하게 담아냈다. 부부는 동의 하에 지인인 게이 남성에게 정자를 제공받아 아이를 갖는 데 성공한다. 그런데 정자를 제공했던 게이 남성이 생부의 권리를 주장하지 않기로 한 계약을 깨고 딸에 대한 친권 소송을 진행하면서 문제가 발생한다.

갈등이 생긴 경우이긴 하지만, 이러한 사례가 성소수자들이 유전자를 공유하는 후세를 실제로 가질 수 있으며, 비퀴어와 조금도 다르지 않게 건강하게 양육할 수 있다는 실증인 것은 부인할 수 없다.

인간의 유전자나 염색체의 의미를 성별의 몸이나 정상 비정상의 몸 밖으로 확장하고, 혈연, 가족, 사회의 의미까지 기존 관념을 넘어선다면 한 꾸러미 안에 욱여넣는 방식으로는 해결 불가능했던 문제들이 풀릴 최소한의 실마리를 찾을지도 모른다. 불편함이나 불쾌감이란 익숙함의 문제일 뿐,

얼마든지 변화할 수 있는 시간의 일이고, 역사의 일이고, 생존의 일이고, 삶의 일부다.

꽤 오래 전 일이지만, 나는 한 아이를 입양하려고 몇 년간 시도했다. 물론 실패했다. 나에게는 분명한 상처였고, 아이에게도 그렇지 않기를 바라지만 상처가 되었으리라 짐작한다. 왜 실패했나 되짚느라 또 몇 년을 보내야 했지만, 지금까지 그 상처는 흉터로 마음속에 남아 이따금 움푹 팬 자리를 만지작거리지만, 나의 실패는 퀴어성과는 조금도 관련 없었다고 확언할 수 있다. 한 인간으로 부족했을 뿐, 내가 트랜스젠더여서, 다수 여성과 다른 염색체를 가졌기 때문도 아니었다. '자격 없던' 나는, 그깟 생식기 없는 나는 아니었다.

지금도 몇몇 국가에서는 동성 부부가 아이를 양육할 수 있다. 반면 우리 사회는 냉소하며 '엄마가 둘', '아빠가 둘'인 상황이 아이에게 혼란을 줄 것이라 단언한다. 그러나 구성원이 다를 뿐 똑같은 가족이다. "나에겐 왜 아빠가 없나요?"라고 물을 때, "너에겐 대신 엄마가 둘이잖아?" 대답할 수 있는 공정함이 우리에겐 있다. 아이는 불행하다고 느낄까? 다음 날 학교에 가서 "너는 엄마가 한 명이지만, 나는 엄마가 둘이다! 부럽지!"라고 혀를 날름거릴 가능성은 정말 제로인 걸까?

책에서, 미디어에서, 사회에서, 특정 유형의 가족이나 부부만을 반복적으로 세뇌하지 않는다면, 그게 정상이라고 강요하지 않으면, 얼마든지 '이상'하지 않고, '특별'하다고 느낄 수 있는 성장의 한 꼭지 아닌가?

나만의 아지트, 나만의 개울가, 나만의 나무 아래처럼, 자연스럽게 한 아이를 훌륭하게 키워낼 평등하게 아름다운 배경이 될 테니 말이다. 물론 그것 역시 똑같은 '생산'이고 '생존'의 방식인 것은 말할 필요도 없고.

2

간힌 몸

상하좌우 투룸분리

'남자 몸'은 기괴하다. 물론 개인적 소회다. '기괴하다'고 적은 건, 좀 더 정확히 말하자면 모양이 아니라 그 속에 흘렀던 에너지이자 힘을 향한 수사였다. 흔히 말하는 '성숙'이나 '사춘기' 시절에 관해 말하자면, 그때 내 몸은 놀랍도록 집요한 힘으로 나를 밀어붙였다고 기억한다. '발기'라고 적고 나면, 몸의 또 다른 변화는 유실된다. 그건 분명 하나의 '결괏값'에 불과할 텐데, 인간 사회는 그게 전부인 양 불뚝 선 긴 것에만 과도하게 집착한다. 그걸 일으킨 힘에 관해 우린 너무 무지하고 안일하다.

'근육의 발달'이나 '체모의 성숙' 따위로 기록하는 방식 역시 다르지 않다. 익숙한 용어나 단어로 명명하고 나면, 너무 많은 걸 잃는다. 두 개의 고환과, 밖으로 기다랗게 돌출된

혼란 기쁨

전립선, 해면체를 지닌 XY 염색체, 영장류 인간의 경험은 대부분 비슷한 유속에 휩쓸리겠지만, 그럼에도 다른 삶을 살았던 나는 그 집요한 힘을 어딘가에 객관적으로 남겨야 하지 않나 느끼곤 했다. 판타지나 (사회가 부추긴) 이상으로 엮은 몽롱한 서사가 아니라, 날 것 그대로 한 인간을 지배하고 통제했던 그 집요한 힘을.

생식기가 아닌 그 주변을 둘러싼 에너지를 감각하는 힘은 누구에게나 상존할 것이다. 호르몬의 작용이라거나, 염색체의 힘이라거나, 무어라 명명해도 상관없다. 아니 어쩌면 생식기를 둘러싼 스스로의 감각을 낱알로 세기 시작할 때, 이미 생식기는 성별을 구분하는 지표로서 사소해지고 마는 게 아닐까? 그로 인한 위계나 폭력은 그제서야 비로소 사회적 의미로 논의될 수 있는 게 아닐까?

'몸' 사랑이 곧 '생식기' 사랑으로 치환될 때, 우리가 놓치는 객관적 몸은 얼마나 될까? 내가 한때 '남자 몸'이라고 발화하며 내 몸을 불편함이나 불쾌감의 대상으로 정의했을 때, 나는 얼마나 많이 놓치고, 또 얼마나 형편없이 움켜쥐었던 걸까?

2차성징에 직면한 개인의 생물학적 힘은, 교묘하게도 사회적 압력과 맞물린다. '남자가' 혹은 '여자가'라는 낡디 낡은 언어의 힘이 생각보다 강력한 이유는 그 때문인지 모른다. 사회적 명명이나 요구가 너무나도 명백히 개인의 생물학적 힘과 시계 방향으로 돌아가 체결되기 때문에. 유전자가 가장 활발하게 생식을 목표로 성숙의 회로를 돌릴

갇힌 몸

때, 생물학적 힘과 사회적 힘 앞에서 인간은 혼란에 직면한다.

　나는 이때 한 인간 앞에 도착하는 혼란은 어느 정도 평등하다고 믿는다. 생물학적 회로의 구조 차이에 따라 각자 다른 혼란 앞에 설 뿐이다. 혼란스러운 것이 마땅한 육체와 인식간 속도 차이는 서로 다른 결괏값으로 한 인간을 밀어 올릴 것이다. 이때 개인은 사회적 틀에 의해 '체결되었을' 뿐이란 걸 알지 못한 채 스스로의 성별 정체성을 떠밀리듯 승인한다.

　모든 인간의 성별은 혼란의 결괏값이며, 여전히 혼란 가운데 지속되고 있다. 개인을 도구화하고, 인간에 대한 이해보다 '발전'에 집착했던 사회 덕분에, 그 불화로부터 비롯된 혼란은 다른 가지를 뻗어 예측할 수 없는 방식으로 심화되어 가는 중이며, 앞으로도 그럴 것이다.

　동성애자, 이성애자, 무성애자, 트랜스젠더, 비트랜스젠더, 퀴어나 퀴어 아닌 모든 영장류 인간은, 자기 성별을 '기괴하지 않은가' 의심하고 사유하는 힘을 지녀야 한다. 제가 가진 생식기와, 그 생식기에 부여된 권력이나 한계를 비판 없이 물고 빠는 짓이 사유일 리 없다. 이는 또 다른 억압이며, 개인을 인식의 틀 속에 가두는 행위에 불과하다.

　사회적으로 체결된 것에서 비로소 한발 물러나, 자신만의 실존적 성별을 깨닫고, 이해하고, 즐기면서, 죽음 직전까지 찾고 완성해 나가리라 꿈꿀 때, 그제야 비로소 개인의 (성별) 인식은 풍요로워지는 것이 아닐까? 두 개의 이정표가 아닌,

각자의 길, 무수한 길을 찾아갈 수 있을 테니 말이다. 분리되지 않고, 나란해서 동등한.

'믿는다'는 말이 나를 살찌울 때

 '믿는다'는 술어는 무기력하다. 강조하면 할수록 더 힘을 잃는다. 믿음은 항상 거짓이었다. 거짓 중 가장 진실을 닮았고, 진실까지도 넘어서는 힘을 지녔지만, 단 한 번도 '믿음'은 진실의 일부인 적 없었다.

 믿음이 실현될 때 아주 잠깐 진실의 힘을 얻지만, 곧 훼손된다. 믿음은 온전히 믿음 안에만 머물다가 사라지며, '믿는다'고 말하는 개인을 유약하게 만들 뿐이다. 나약한 생을 일으켜 세우는 강력한 표제어로 '믿음'이 다수에게 승인되지만, 강해졌다고 믿는 나는 유약한 나의 또 다른 부분일 뿐 아닐까? 그건 더 강해지고 싶다는 욕망의 길고 긴 그림자다.

 믿음은 단 한 번도 진실의 일부가 아니었으며, 둘 중

하나로 규정되어야 한다면 오히려 거짓의 일부다. 믿음은, 혼란이다.

고백하자면, 내 믿음 역시 거짓의 일부였을 것이다. 내 확신은 거짓이었(는지 모른)다. 그때 나의 믿음은 믿어야 할 것을 믿지 못하는 불승인(不承認)의 확신에 가까웠다. 그 어긋남이 어디에서 기인했는지는 모른다. 오십 나이를 훌쩍 넘긴 지금까지도 마찬가지인 걸 보면, 생의 끝에 가 닿더라도 크게 다르지 않을 것이라 짐작한다. 일단 총을 쏘아놓고 비명으로 명중 여부를 판단하려는 무모한 시도처럼, 살아 보니 그때의 확신이 틀리지 않았구나 짐작할 뿐이다.

시계 방향으로 따라가지 못하는 기괴한 감각이 감지될 때, 그 감각이 휘발되지 않고 오히려 증폭되어 삶을 옥죌 때, 내 몸 바깥에 이성적이고 합리적인 응답이 실재했다면 어땠을까 이따금 상상한다. 이성이나 합리가 '정답'과 동의어는 아니다. 오히려 '무지'에 가깝다고 말해야 한다. 무지에 의존해 이성과 합리를 찾으려는 내 의지가 허황하게 읽히겠지만, '정답'이라는 믿음에 의해 망가진 것과 '무지'에 의해 망가진 것의 수치는 크게 다르지 않았다고 기억한다. 오히려 '직접 찾으라'고 할 때 더 큰 힘을 발휘하지 않았을까?

그럼에도 내 몸 바깥에 나를 안내할 관대한 이성이나 합리가 존재했으면 어땠을까 상상하는 것은, 내 정체성을 억지로 욱여넣다가 어딘가가 영구히 뻐개진 걸 알았기 때문이다. 최소한 그건 아니라고, 정답이 뭔지 알 수는 없지만, 일단 멈추라고, 다친다고, 말해줄 누군가 있었으면 어땠을까 그 아쉬움을 알겠기에.

아마도 그랬다면 나의 불안과 혼란도, 폭력의 가해자가
되어야 했던 내 어린 시절의 동시대인들도, 좀 더 수월하게
혼란을 통과했을지 모른다. 서로 다른 경험치와 깨우침을
획득하고서, 제 존재와 인간 삶에 관한 서로 다른 양(量)의
지혜를 얻을 수 있었을 테니 말이다.

비퀴어들이 자신에게 걸맞은 사회적 여성이나 남성을
찾아가는 것처럼, 결국 퀴어의 성별도 자신에게 걸맞은
외투를 찾아가는 과정일 것이다. 그러나 사회적 압력은
질서를 핑계 삼아 집요하고, 애초부터 개인을 소외시킨 채
맹목적으로 발전해 온 것이 우리 역사다. 그러한 방향을
두둔하는 것은 이성과 합리를 향한 노력의 결과가 아니라
이해할 마음을 내고 싶지 않은 피로감의 결과다. 이는
역설적으로 남성이나 여성이라는 성별적 명명이 아주 얄팍한
사회적 표지에 불과하다는 의미 아닐까? 남성 생식기와 XY
염색체를 지닌 생물학적 남성이, 여러 가지 사회적 남성
중에 자신의 성별을 찾아 특정 취향이나 양태를 지닌 남성
정체성을 승인하는 것처럼, XX 염색체를 지닌 여성도 그러한
것처럼, 트랜스젠더나 다른 퀴어들 역시 자신의 성별을
찾아가는 과정 위에 있을 뿐이다.

치료와 수술이 필요한 개인이 있을 뿐, 믿음과 확신은
서로 다른 지점에서 엇갈린 방향으로 교차해도 괜찮을
것이다. 누구도 더 이상 피로하게 하지 않고, 밀고 당기기만
했던 믿음의 끄트머리를 한 번쯤 놓아버리면서, 오히려

혼란 기쁨

86

양측은 각자의 균형을 비로소 발견할 수 있을지도 모른다.

성 확정 수술을 한 뒤 치마를 입을까 말까 몇 날 며칠을 망설였던 걸 생각하면 실소가 터진다. 이제 여자가 되었으니 립스틱을 발라도 되는 걸까, 어떤 색깔이 좋을까, 가짜 환호를 터뜨리며 설레는 표정을 지었던 내 몸과, 내 몸의 확신 혹은 믿음이 지금은 너무도 안쓰럽다.

트랜스젠더이기 때문에, 퀴어이기 때문에 자초한 일 아니냐고 무감한 몇몇은 비아냥거리고 싶겠지만, 누구나 자신의 지난 성별 관념을 뉘우치는 때를 마주하지 않을까? '그게 뭐라고 그렇게 집착했는지 몰라.' '그때는 왜 그게 멋지고 예쁘다고 믿었는지 알 수가 없어.' 당시에는 스스로의 욕망이나 주체적인 결정이라고 믿었지만, 실은 사회적으로 추동된 억압이나 힘에 묶여 있었다는 사실을.

믿음은 좀 더 일찍 무너질 필요가 있다는 걸 이제는 안다. 성별만큼은 의심할 여지가 없다는 확신의 이면에는 어떤 의지가 숨어 있는 걸까? 그 이질적이어야 마땅한 확신은 언제 어디서 출발해 본능처럼 새겨진 걸까? 우람한 생식기로부터? '섹시하다'는 유아적 칭찬으로부터? 생식기가 떨어져 나가고 더 이상 '섹시'할 수 없는 몸이 되고 나면, 성별에 관한 우리의 실존 감각 역시 깎여나가도 마땅한가?

생의 활력이나 기력을 언제까지 생식기나 생산력과 직결하여, 원숙한 인간으로 마땅히 누려야 할 노년의 가능성을 쓸모도 없을 성별 안에 가두어 놓을 셈인가? 사춘기, 갱년기, 오로지 '생산' 혹은 '생산력'의 관점으로만 해석한 지극히 폭력적이고 편협한 몸의 독법을, 왜 우린 수정하려 하지 않는가?

무한한 가능성이 부여되어야 마땅한 인간의 생을, 흐르거나 유영하도록 허락하지 않고, 첫 번째 축제인 '돌잔치'로부터 촘촘하게 엮어 대물림시킨 세뇌의 씨줄과 날줄.

쉰넷의 나는, 아침 열한 시와 저녁 여덟 시 약을 먹는다. 오늘 아침에도 약을 먹었다. 약을 먹고, 저녁에 먹을 약을 챙기려는데, 알약이 하나뿐이었다. 새로운 알약 통에 남은 알약을 털어 넣고, 혹시 밖에서 먹어야 할 때를 대비해 지갑 속 비닐봉지에 알약을 다섯 알 챙겨 넣고, 물을 한 모금 마셨는데, 순간 머릿속이 하얘졌다. 내가 좀 전에 먹은 알약이 아침에 먹어야 할 약이 맞았던가, 확신이 흔들렸다.

먹었지, 분명 먹었지. 한데 아침에 먹을 약을 먹은 게 맞나, 혹시 저녁에 먹어야 할 약을 먹은 게 아닐까? 갈색 알약과 파란색 알약을 식탁 위에 늘어놓고서, 나는 잠깐 멍해진다. 먹었는지 먹지 않았는지, 어떤 걸 먹었는지 확신하지 못한 채, 다시 먹는 게 나을까, 먹는다면 어떤 걸 다시 먹거나 먹지 말아야 할까, 혼란스러웠다.

결국 나는 먹지 않는 쪽을 택한다. 하루쯤 버틸 수 있으리라 내 몸을 믿기로 했다. 믿음은 거짓의 일부고 나의 거짓은 그 어느 때보다 명백한 실패겠지만, 내 몸을 믿기로 선택한다. 아직 시간이 남았고, 내 몸은 기다릴 수 있고, 기다리기로 결정한, 참으로 명백한 나의 씩씩한 거짓.

혼란 기쁨

지금 이 순간, 나는 무기력하기 그지없는 그 거짓이 가장 믿음직스럽다.

자의적 자위

오십이 넘으니 몸과 대화할 시간이 많아졌다. 트랜스젠더라고
다르지 않다. 대화라고 해봤자 '어디가 고장났네' 타령,
'젊었을 때' 타령에 불과하지만, 몸을 향해 말을 건다.
아프니까 그런다. 멀쩡할 땐 볼만장만하다가 이음새가
헐거워지고 덜그럭대니까 '이거 갑자기 왜 이러지?' 싶은
생각에 눈길이라도 주는 맘.

'갑자기'라는 부사는 이기적이다. 아마도 오래 전부터
몸은 신호를 보냈을 것이다. 문을 열면 항상 그 자리에서 나를
기다리는 가족처럼, 반갑게 달려오는 반려동물처럼, 믿고
있으니 망각했을 것이다.

'가족력'을 묻는 의사의 말은 '가족'을 묻는 게 아니라
'유전자'를 묻는 일인데, 고집스럽게 우리는 '가족' 얘기만

한다. 제 몸을 냉정하게 직시해 본 적 없던 오만함은 어리석은 믿음을 확장하는 도구로 육체를 남용한다.

　　육체로 나뉜 권력이나 위계 문제를 사유하지 않는 사회는 끊임없이 '시스템'이라는 폭력을 반복한다. '역사' 혹은 '순리'라는 이름을 붙여 대대손손 물려준다. 몸은 달라지고 사유는 꿈틀거리는데, 복속하는 '기계'가 되는 것만이 행복이라고 증언한다. 질문은 필요 없다, 받아들이면 된다. 누구를 위한 것인지도 모른 채, 효율성만이 유일하게 유효한 생존 기제다.

　　각자 다른 뿌리를 지닌 인간의 언어는 다른 부대에 담기고, 다른 뿌리로 기록된 지식을 근거 삼은 전문가들의 사유 역시 좀 더 커다란 부대에 담기고, 서로 다른 뿌리를 지닌 대괄호 안에, 서로 다른 크기의 부댓자루 앞에, 고립을 감각하는 당사자들의 출현은 지극히 온당하다.

　　불신만은 아니다. 불신은 믿음이 있다고 가정할 때 기능한다. 거부는 더더욱 아니다. 거부는 주어진 것, 받은 것이 원하던 것과 다른 게 명확할 때 가능한 행위이고 결정인데, 받은 것이 적확한지 알 수 없어, "내가 받은 게 잘못되지 않았나요?"라고 되묻는 행위를, 우리는 '거부'라고 명명해야 할까?

　　저기 제 몫을 받아들이고 순응하는 사람들을 보라고, 너는 그러지 못하니 '거부'인 것이라고 단정 짓는 행위가 오히려 거부를 닮은 것 아닌가? 개인에게 주어진 마땅히 의심하고 의문을 제기해야 할 능력과 책무를 부정하고

갇힌 몸

묵인하는, 각자의 부댓자루들만 짊어진 이 사회의 집요하고 집착적인 총체적 거부(拒否).

내 몸에 붙은 남성 성기를 가지고 자위를 했던 기억이 있다. 그걸 두고 '자위'라는 용어를 쓰는 일이 옳은지 아직도 확신이 서지 않는다. 그 행위를 통해 얻은 감각이 '위로'가 아니었기 때문이다. 어디에서 어떤 순간 무슨 이유로 발기가 되는지 알지 못했던 나는, 그 길고 딱딱해진 살덩이를 이전으로 되돌리는 방법을 알지 못했다. 그 와중에 발견한 방법이 사정(射精)이었고, 그것이 '자위'라고 통칭하는 행위로 가능하다는 걸 우연히 알게 되었다.

점점 호흡이 가빠지고, 열이 나고, 정수리 끝에 피가 몰리는 것 같은 짜릿한 감각을 '쾌감'이라고 불러야 한다면, 나 역시 그 비슷한 감각을 경험했다고 말해야 하지만, 그것이 '쾌(快)'였는지 아직까지 확신이 서지 않는다. 해부학적으로 남성의 페니스와 여성의 클리토리스는 기능이 유사한 것으로 알려져 있다. 만약 내 몸의 일부가 생물학적 여성의 것처럼 작고 몸속에 숨겨져 있었다면, 비로소 그것은 나에게 '쾌'가 될 수 있었을까?

실제로 성 확정 수술 이후 생애 최초로 만족스러운 성관계를 가졌을 때, 그 감각은 남성의 페니스를 가졌던 때와는 확연히 달랐다고 기억한다. (나는 지금 '믿고 있다'고 썼다가, '기억한다'고 고쳐 썼다.) 자위를 닮았던 이전 행위가 성기에 집중하게 했다면, 수술하고 난 이후 느낀 '쾌'는 온몸을 좀 더 광범위하게 이완시켜 심장 박동을 높이고 혈류량을 증가시키는 방식으로 내 감각에 전달되었던 것으로 기억한다. (다시 한번 나는 '믿고 있다'로 적었다가 '기억한다'로 바꾸었다.)

최선의 언어가 고작 기억이라니 답답하지만, 내 기억이 영사하는 어떤 장면과, 그때의 감각을, 나는 수십 년이 지난 지금도 꽤 선명하게 간직하고 있다. 반복된 고민 끝에 얻은 짐작은 있다. '불안'의 개입 차이가 아닐까 하는 것이다. 남성의 페니스를 가지고 자위를 할 때에는 항상 '두려움' 혹은 '불안'이 동반되었지만, (모양이 바뀐 것에 불과한 변화라고 하더라도) 그것이 해소되고 난 후에 내 몸은 비로소 안심할 수 있는 몸이 되었다. 불안이 해소된 몸이었기에 비로소 '쾌'를 감각할 수 있었던 게 아닐까?

한 인간으로서 나의 책임이 '고작' 성별에 있다고 믿지 않지만, 그걸 통과해 좀 더 충만한 실존으로 나아가는 일은 가능하지 않을까 믿고 있다. 실존이란 정답의 유무나 해답의 옳고 그름이 아니라, 내 몫의 몸과 시간을 삶으로 쌓아가는 일. 지금까지 깨달은 내 실존의 책임은, 생식기나 성별이 아니라 몸의 잠재성과 사유를 통과해 다가올 시간을 향한 의지를 품을 때 비로소 유의미하다는 걸 이제 어렴풋이 알게 되었다. 끊임없이 말을 걸고, 마주하고, 의문을 제기하고, 수정하고, 이름을 다시 부여하고, 이해하고, 포용하는 것만이, 내가 믿는 충만한 나의 실존을 향해 한 발 더 다가가는 일.

나는 오늘도 이해하기 쉽지 않은 내 몸에게 말을 건넨다. 대화를 나눌 때는 대화를 기록하고, 말을 잃을 때엔 침묵을

갇힌 몸

기록한다. 단발의 환호성이라도 귀하게 여기며, 이도 저도 아닌 고통일 땐 신음이라도 놓치지 말아야겠다고 생각한다. 쓰는 몸이 유난히 쓴 날이 있고, 쓰지 않는 몸이 쓰기도 한다.

인터뷰, 질문과 대답 그리고 질문

창작물 속 가상의 트랜스젠더 인물에 입체성을 부여하기
위해, 개인적 만남을 요청 받는 경우가 종종 있다. 며칠 전에도
그랬다. 실험적 영화를 연달아 발표한 그는 한국에서 어느
정도 영화적 성취를 이룬 사람이었고, 이번에는 '트랜스젠더'
인물을 담은 작품을 준비하는 중이라고 했다. 작품에 등장할
트랜스젠더는 90년대 인물이었고, 하필 과거 인물을 소환해
기록하려는 창작자의 의지는, 뿌연 안개 같았던 시대, 아침은
분명하지만 안개처럼 모호하고 불안한 미래, 안개 같았던
사람과 삶을 드라마로 구현하고 싶은 게 아닐까, 짐작했다.
그의 영화 세 편을 꼼꼼히 보았고, 애써 창작하는 사람의
동료의식을 깃발처럼 어깨에 둘러메고서 나는 그를 만나러
갔다.

갇힌 몸

지금까지 살아오면서 인터뷰라면 지긋지긋하도록 했지만 만족했던 적은 단 한 번도 없었다. 질문을 받아야 하는 입장에서 만족이란 생각한 것을 정확히 답하는 것일 텐데, 어쩌면 나는 단 한 번도 그러지 못했는지 모른다. 답을 몰라서가 아니다. 어차피 누구도 정답을 원하는 건 아니고, 침묵까지 읽기 위해 인터뷰를 청했겠지만, 아무리 말하고 또 말해도 내 대답은 갈수록 힘을 잃어간다.

나이가 들수록 더욱 또렷하게 희미해져 가는 말. 대답 너머, 무언가 말하면서 동시에 지우고 있구나 깨달으며, 말을 이어야 하는 허망함. 말을 하면서 말하지 못하는 것만 같은 무력감은, 자꾸 그들을, 사람을, 나를 외면하게 했다. 그 때문에 때때로 양해를 구하는 내가 끼어들었다. '아닐 수도 있지만', '다른 가능성이 상존하겠지만', '나 혼자만의 감각일 수 있겠지만', '불확실성'을 확인시키는 말을 반복하며, 나는 인터뷰 장소로 빌렸다는 회의실 창문 너머, 북항대교를 묵연히 바라보았다.

인터뷰라니, 그건 매번 모호하고 흐릿한 나를 들키는 일이란 걸 알지만, 이대로 무기력한 채 하나 마나 한 답을 쏟아내지 않겠다며 '확신에 가깝다'고 덧붙였음에도, 뿌예진 안개 너머였던 건 마찬가지.

그래도 비슷한 생식기를 지닌(지녔던) 사람으로서, 같은 염색체를 지닌 사람으로서 동질감은 느끼리라 믿었는데, '그게 시도 때도 없이 발기한다'는 내 말을 지정성별 남성인 그는 이해하지 못했다. 어떤 자극을 받아야 발기하는 게 아니냐고 그가 되물었을 때, 나는 잠깐 얼어붙고 말았다. 내가 가졌던 생식기와 그가 가졌던 생식기가 모양만 비슷했을 뿐 달랐을 수도 있겠다는 가능성이 불쑥 내 앞에 '발기'했다.

나는 왜 괴로웠다고 기억하는 걸까, 바지 속에 묵직한 걸 끼우고 다니는 불쾌감만 기억할까? 황급히 그것을 타자화했기에, 내 것으로 인식하지 못했기 때문에 더욱 빈번하게 자극되었는지도 모르겠다고 덧붙였지만, 그 역시 하나 마나 한 안개 속 같은 몇 마디인 건 마찬가지.

겨우 몇 달 전 시간도 사진 몇 장에 기대어 더듬듯 길어 올리는 기억인데, 혼미하고 혼란스러웠을 그 시절 삼십억 개 유전자의 의지를 사십 년이 지난 지금 발화하는 것이 가능할까, 내 언어는 쓸모가 있는 걸까?

공사 중이라 아무렇게나 파헤쳐진 (아니 실은 철저한 계획에 의해 파헤쳐진) 북항대교 앞, 나는 또 한 번 내 기억 앞에 입을 다물고 말았다. 그러니 소설을 쓰며 산다고 뻔뻔스럽게 고백하고 다니는 걸 테지, 징글징글한 자괴감 몇 방울이 눈앞에 흩뿌려진다.

호르몬 치료를 받기 시작하고 더 이상 제대로 발기가 되지 않는 남성 생식기를 갖게 되었을 때, 너무 편안했다고, 이대로 살아도 괜찮겠다고 생각했다고 나는 말했다. 큰돈을 들여서 수술까지 하지 않아도 괜찮겠다고 했을 때, 그 영화감독은 고개를 갸우뚱하며 재차 물었다. 그럼 수술할 기회가 오지 않았다면 수술하지 않았겠느냐고. 나는 그랬을 거라고 대답했다. 수술하고 나서 이전에는 상상하지 못한

편안함과 안정감을 얻었다고 덧붙였지만, 내 정체성에 대한 확신이 그의 생각만큼 확고하지 않은 게 이상한지, 그는 잠깐 머뭇거렸다.

아무리 말해도 무기력한 내 언어를 확인하는 것도 싫고, 반복해 그런 얼굴을 마주해야 하는 것도 싫어서, 내가 원했던 건 여자가 되는 것이 아니라 자유였다고 항변했지만, '자유'는 '여자'나 '남자'라는 말보다 훨씬 더 높이 쏘는 폭죽 같은 언어. 쏘아 올려진 게 나인지 그 언어인지 구분조차 할 수 없어, 어지럽게 다시 또 안개 속에 곤두박질해 까맣게 죽어가는 잿더미가 된다. 자괴감에 내몰리고 만다.

여성으로 살지만, 나는 여성의 몸을 모른다. 뒤집어 말하면, 그 어떤 여성보다 남성의 몸을 잘 아는 여성인지도 모르겠다. 나는 남성의 몸을 보았거나 만졌거나 느낀 것이 아니라, 육체의 일부로 지니고 살았다. 피부와 피부가 연결된 자리, 음모가 돋아나기 시작한 자리. 마미손 장갑처럼 무해한 탄력성을 자랑하듯 놀랄 만큼 늘어나는 살갗의 자리.

내 고환이 담겼던 음낭 우측에 점이 하나 있었던 것으로 기억하는데, 그 점에 커터 칼을 댔다가 찌르고 싶은 충동 때문에 놀라 식은땀을 흘렸던 적이 있다. 드러난 성기뿐 아니라, 항문 쪽으로 깊이 박혔던 말랑하고 두툼한 해면체의 끈질긴 꿈틀거림을 꾹꾹 눌러보며 소름 돋곤 했다.

자해 욕망은 남성 사회로부터 자양분을 얻어, 총을 선물받은 유아처럼 어디에든 그걸 쏘아보고 싶기도 했다. 자해는 두렵고, 아플 것 같아 무섭고, 그럼에도 망가뜨리는 게 곧 그것에서 벗어나는 길인 것만 같은 욕망은, 매 순간 내 안에서 쑥쑥 자랐다.

그래서 나는 그때의 나를 '괴물'로 묘사하곤 했다. 자해했다면 나를 살해한 자살자였을 테고, 그 분노를 밖으로 터뜨렸다면 살인자였을 것이고, 갖고 태어난 총이 징그럽고 또 재밌어 아무 데나 쏘아버렸다면 사이코패스거나 연쇄 살인범이었을 것이다.

기괴하고 이해할 수 없는 생물이었던 나를 그래서 '괴물'이라고 자주 적는데, 내 버둥거림은 깔린 나이기도 했고, 깔고 앉은 나이기도 했고, 피를 흘리는 나이기도 했고, 피를 핥아먹는 나이기도 했다.

반복된 자학과 좌절을 도저히 다른 언어로 기록할 수 없어, '힘들었다'고 말하는 수밖에 없었는데, 그건 한숨처럼 토해진 마지막 말이었는데, 그토록 모호하고 흐릿한 당신에게 어떤 자격이 가능하냐고, 왜 확신이 없느냐고, 추궁 당할 때, 나는 자주 그때 그 칼을 생각한다. 칼을 든 나로 되돌아간다.

내가 가졌던 생식기와 관련한 육체적 디스포리아가 어디에서 어떻게 기인한 것인지는 여전히 알 수 없다. 유전적 이유라면 '기계이니 기계의 일을 하라'는 유전자의 명령을 거부할 방법이 있을까? 설마 내가 수술까지 하고 비로소 내 몫의 최대치 안심을 획득한 것마저 유전자의 승전보일까?

참고조차 하기 싫은 또 다른 근원은, 적절한 육아의 부재나 가난으로 인한 환경적 요인 때문이라는 가설이다. 나로서는 환경으로 뭐든 바꿀 수 있다는 비대한 자아가 얼마나 끈질기게 인간을 억압해 왔던 건가, 그래서 성별조차 교육하고 바꿀 수 있다고 믿게 된 걸까, 오만한 인간 사회를 다시금 환기할 뿐이다. 성별 인식을 환경으로 바꿀 수 있다면, 내 모호한 성별 역시 남성적 환경(?)으로 충분히 바뀔 수 있어야 했을 테니 말이다.

됐어, 혼란 따윈 없어, 정상 가족의 정상 후손이니, 시간이 지나면 저절로 괜찮아지는 거야. 엄마가 없으면 엄마를 붙여주고, 아빠가 없으면 아빠를 붙여주고, 돈이 없으면 돈을 대고, 미래가 없으면 미래를 보여주고, 그러면 정상은 정상, 정상은 회복, 회복은 해피, 해피는 개, 월월, 자 이제 새끼를 낳아보자. 정상 가족의 정상 새끼들, 월월 행복한 새끼들. 혼란스러워 하는 건 네 잘못일 뿐이야, 잠깐의 잘못이야. 월월. 이제 곧, 네 발의 안심은 너에게 정상적으로 찾아올 테니.

정상 가족론, 정상 성별론, 정상 인생론, 정상 인간론, 그 모든 비정상적인 정상 집착적 정상 인간의 우월적 태도는 그렇게 힘을 얻는다. 증거는 차고 넘친다. 우리의 역사는 필요한 증거만 집요하게 모아 왔으니 말이다.

인간의 성별이 둘이 아닌 여럿일 가능성을 왜 우린 수긍하지 못하는 걸까? 괴물이거나, 안개 속이거나, 기괴하지만, 필연적으로 머뭇거림이나 침묵에 도착하고 마는 그들을 나는 이해한다. 우린 그렇게 살아왔고, 이기적인 유전자는 명령하고, 평범한 믿음은 평범한 진리를 획득한 채 평범한 인간을 계속 찍어내야 할 책임이 있다고 확신할 테니 말이다. 수레바퀴를 돌릴 인간, 개인을 뒤로하고 질서와

혼란 기쁨

100

순리에 복속하는 인간. '인간'이라는 이름의, 아주 선명하고 잘생긴 기괴한 생물들.

아니다, 누구도 물어뜯을 필요 없다. 당신 자신이라도 마찬가지다. 나는 내 언어를 신뢰할 수 없고, 여전히 기괴한 나를 알고 있고, 끝내 안개 속에서 벗어나지 못하리란 걸 예감하지만, '여기에 있다'는 것만큼은 그래서 그 어떤 인간보다 확실히 실감한다. 편협한 실존 감각이더라도 다를 건 없다. 내가 편협하다면 반대 방향 역시 편협함의 다른 쪽인 건 마찬가지.

자꾸 질문하고, 의심하고, 찔러보고, 몸싸움 하고, 해부하려고 덤벼들면서, 나는 누구보다 나를 잘 알게 되었다. 누구보다 많은 질문을 하고, 발화할 언어를 고르고, 절망하고, 다시 덤벼들면서, 누구도 부인할 수 없는 실체로 설 때, 나는 오롯한 내가 된다. 그런 나를 안다, 알고 있다. 그거면 된다.

나는 포기하지 않을 것이다. 오십이든 육십이든 칠십이든, 질문을 반복하고, 더 큰 각도로 흔들리고, 확신 없을 대답이라도 찾으려고 애쓰면서, 내 실존을 놓지 않을 것이다. '자긍심'이라고 이름 붙일 수도 없는 형편없이 허약한 감각을 지닌 나를, 내 정체성을 승인하고, 지켜가고, 지키고, 움켜쥔 나를.

갇힌 몸

몸의 쓸모

쓸모를 따지자면, 남자 몸이 유리하다. 물리적 힘과 운동성을 지닌 근력 발달의 이점뿐 아니라, 아주 간단한 일상조차 편리하다. 다리를 벌릴 필요 없이 씻을 수 있고, 살과 살이 겹치는 일이란 고작 불알 밑이 흔들리며 이따금만 있는 걸 생각하면, 쾌재를 불러도 마땅한 이로움인지 모른다.

남자 몸의 편리를 곧 여자 몸의 불편으로 해석해버리면, 몸을 객관적으로 바라볼 여지는 축소된다. 분리하고 타자화하려는 인간의 욕망은 반드시 위계를 만들고, 그 위계가 몸에 관련될 때, 건너편을 향해 무조건 손가락질하면 되는 거라고 맹신하면서 공멸의 조짐은 싹튼다. 몸을 몸으로 바라보겠다는 순수한 의지는 그 논쟁 속엔 없다. 죽었다 깨어나도 둘뿐이다. 내 기준으로는 어느 쪽이든 쓸모를 잃어버린 언어고, 쓸모 없는 몸이다.

통칭하는 '남자 몸'을 위해선 이미 곳곳에 편리함이
공기처럼 마련된 상태다. 반면 '여자 몸'을 위한 세계는
여성 당사자가 아닌, '여자 몸'을 바라보는 모의된 시선들이
조성한 듯 보인다. 예를 들어 '청결'에 관한 잣대부터 다르다.
여성의 몸이 더 '깨끗이' 지켜야 하는 것이라고 말할 때
(남자 몸과는 다르게) 다리 사이에 감춰져 있으니 씻는
방식이 달라야 한다는 의미뿐일까? '여자 몸'이 불편이나
불안 혹은 곤혹스러움을 감당하도록 억압하는 설계는
곳곳에서 폭력적으로 작동한다. 말초 신경을 자극하는 교묘한
판타지까지 덧붙여, 예쁜 몸, 아름다운 몸, 깨끗한 몸을 위해,
불편이나 고통을 감내하도록 집요하게 강요한다. 한쪽만을
몰아세우는 질서는 명백한 폭력이다.

'남자 몸'을 가졌다가 가짜(pseudo, 유사) '여자 몸'이라도
가지고 산 사람으로서, 두 다리 사이 무언가 흐르거나 찜찜한
감각이 한 사람의 몸과 일상을 집요하게 억압하는 줄 처음
알았다. 저절로 몸이 위축되고, 불안이 새빨간 고지서처럼
시시각각 날아드는 삶.

'남자가론'에 필적하는 '여자가론'으로 인해, 몸을 말할
기회는 유폐되고, 예쁜 몸, 깨끗한 몸, 순수한 몸으로만
환기되어야 쓸모를 지닌 몸인 것처럼 세뇌된다. '남자 몸'이
오직 '자지'에만 집중해 그 판타지를 키워갈 때, '여자 몸'은
'태도(여자가 왜 그렇게 우악스럽냐?)'와 '사유(여자가
모성애를 좀 가지려고 노력도 하고 그래야지.)까지 전방위로
억압 받는다. 세상이 '달라'졌다고? 두 가지 몸을 종횡하여

갇힌 몸

103

오고 간 사람으로서, 나는 고개를 저을 수밖에 없다.

2000년대 중반 tvN이 막 개국했을 때, 트랜스젠더 수술 과정 전체를 담는 프로그램이 있었다. 당시 전국을 떠들썩하게 했던 트랜스젠더 연예인과 내가 정신과 의사와 같이, 수술 후보를 심사하는 자리에 참여했었다. 수술이 필요한 트랜스젠더는 많았고, 방송에 필요한 인원은 딱 두 사람이었고, 그러니 누구에게 수술을 해주어야 하는가를 가려야 하는 자리였다.

현장 심사에서 삼십여 명이 넘는 트랜스젠더를 면담하면서, 수술이 가장 필요한 사람을 골라내는 작업은 예상했던 것보다 어려웠다. 치료와 수술의 절박함을 가려야 하는 자리였고, 그럴 자격이란 누구에게도 없지만, 숫자든 별표든 한 줄로 세워야 하는 일이어서 곤혹스러웠다. 누구든 해야 할 일이라면 내가 하고 말지, 그 즈음의 나는 그나마 열정이라도 남아 있었던 건지 모른다.

나는 그 자리에서 '쓸모'를 생각했다. 수술은 되돌릴 수 없고, 수술 이후 우리는 몸에 따라 갖가지 억압을 요구하는 사회를 살아야 하고, 그렇다면 가장 냉정하게 이 치료와 수술을 통해 쓸모가 증폭될 사람을 찾고 싶었다.

사람의 가치를 쓸모를 기준으로 평가하는 게 가당키나 하냐는 적개심이 쏟아질 테지만, 재난의 한가운데라면 누구든 삶의 무게는 생존가방처럼 작고 간편해야 한다. 아주 사소한 쓸모까지 감각해 가려져야 하며, '트랜스젠더'라는 이름의 삶이야말로 전방위적 재난에 노출된 상황일 것이라고 나는 확신한다.

　　나는 트랜스젠더인 누군가가 치료와 수술을 통해
이전보다 훨씬 더 충만해진 삶을 살 수 있기를 바랐다.
(지금도 마찬가지고, 앞으로도 그럴 것이다.) 실존감, 자긍심,
자존감, 효능감을 더 쉽게 자신의 것으로 움켜쥘 수 있는
과정이어야 한다고 믿고 있다.

　　예뻐진다거나, 여자(남자)가 된다거나, 좋은 남자(여자)
만나 행복하게 사는 따위의 모호하고 흐릿한 개념을 물고
빠는 게 아니라, 치료나 수술을 통해 자신의 쓸모를 선명하게
앞으로의 삶에 기록하고, 어디서든 더욱 당당해질 수 있는
황금 같은 기회가 되기를 무척 간절히 바랐다.

　　그러니 제일 먼저 내가 해야 할 일은 '판타지'를 털어내는
것이었다. 치료와 수술이 몽롱한 판타지를 실현하는 과정이
아닌, 실존을 확장하는 첫 관문이어야 했다. 화장했느냐 안
했느냐, 치마를 입었느냐 아니냐의 문제가 아닌, 자신의
쓸모를 확고하게 만드는 문제였다. 더욱 불편하고 번거롭고
땀이 차고, 신경 쓰이는 신체를 가진 채로, 소중한 자존감이 더
증폭되고, 그 확장된 생의 힘을 잃지 않을 누군가에게 기회가
돌아가기를 바랐다.

　　생의 어느 순간을 지나고 나면, 우리는 생물학적
성별과는 상관없이 현시대에 발현되는 '남성형' 육체로
나아가야 하는 게 아닐까 이따금 상상한다. 아니다, '남성형'이
아니라 '인간형'이라고 명명해야 할 것이다. 기본값으로
상정되었던 특정 성별이 아니라, 둘 모두를 아우르는, 어떤

갇힌 몸

성별의 신체도 끝내 도착할 수밖에 없는, 공통 신체를
고민하고 조망해야 한다. 재생산을 목적으로 하지 않는다면,
우리에게 남는 육체는 오롯한 '쓸모'뿐일 테니 말이다.

나이가 들어 몸이 '짐'이 되지 않도록 우리는 운동하고,
약을 먹고, '관리'를 계획한다. '관리'가 판타지에 복무하는
방식으로 곡해되곤 하지만, 삶이 더 이상 성별적 판타지에
기댈 필요 없을 때, 비싼 화장품, 비싼 단백질 파우더가 더
이상 쓸모가 없다는 걸 깨달을 때, 우리는 몸을 간략하게
마주해야 한다.

사막 위에 홀로 살아남은 것처럼, 좀비가 휩쓸고 간 도시
속에 혼자인 것처럼, 내가 가진 몸으로 어떻게 생존할지,
고난이나 고통임이 분명할 앞으로의 삶에 굴복하지 않고서,
지지 않고서, 내 몸의 쓸모, 내 삶의 쓸모를 어떻게 이어갈지,
냉혹하고 준엄한 판단과 결정이 필요할 것이다.

브래지어를 할 필요 없는 가슴, 불안해 할 필요 없는
다리 사이, 일상에 보편적인 편리를 보장하는 간략한 신체,
탈성별적 신체로 만들어가는 삶이야말로, 인간 문명의 최종
장에 절대적으로 필요한 총체적 몸이 아닐까?

각자 기능적 쓸모를 찾은 인간 신체에, 성별은
주민등록증에 기재된 숫자 하나만큼의 역할에 불과할 것이다.
큰 몸, 힘센 몸, 편리한 몸, 스스로를 감당하고, 곁에 존재하는
타자까지 추스를 수 있는 몸이 된다는 것은, 성별이 아니라
한 인간으로서 근사한 실존이고, 정체성이며, 아름다움일
것이다.

그때 심사를 통해 선발된 두 사람이 2024년 지금
어디에서 어떤 모습으로 살고 있는지, 나는 모른다. 알 필요도
없을 것이다. 수술한 몸은 지금쯤 많이 변했겠지만, 혼란에
고통스러운 삶이 아니라 추억할 것이 더 많은 생이구나
담담할 수 있기를 바란다.

내가 나를 돌보고, 내가 나를 먹이고, 내가 나를 지키기
위해, 수술한 몸이든 타고난 몸이든 어떤 이름을 가진 육체든
결코 훼손되지 않고 재난 시대의 쓸모를 확장시키면서,
(트랜스젠더라는 이름의 삶으로 언제나 그래왔던 것처럼)
모호하고 흐릿한 미래 속으로 기꺼이 뛰어들 수 있기를. 어떤
몸으로도 끝까지 경쾌할 수 있기를.

목소리 큰 몸

'남성'과 '여성'이란 성별적 용어는 인류 사회에 과표지(過標識)되었다고 나는 의심한다. 그건 그저 호르몬 물질이 (배아 상태에서부터) 생몰 시기에 따라 발현시키는 육체적 현상에 불과하다. 사회적 편리를 위해 하나의 생물학적 징후를 납작하게 해석한 명칭일 뿐이다. 하나로 목록화하는 것이 불가능한 다종의 특질을, 굳이 여성이나 남성의 것으로 간단히 표지화함으로써 인간은 필요 이상으로 과도한 억압과 폭력에 노출되고 말았다.

'보편'이란 말조차 수용하기 어렵다. 피라미드 꼭대기의 한 점만을 찍어 '보편'이라고 규정하고서, 그 규정에 따르도록 억압해 왔던 역사를 과연 '보편'이라고 정의할 수 있을까?

잠깐만 돌아보자. 스물네 시간 중, 반드시 여성이거나

남성이어야 하는 시간은 어느 정도나 될까? 배뇨야 성별과 상관없는 '구멍'이 실체고, 생산하는 몸이 아니라면 나머지 성별 개념은 모두 사회적 지시를 따르는 몸으로서의 성별 아닌가? 여성적이거나 남성적이라고 통칭하는 모든 태도나 행동, 그로부터 기인한 기쁨이나 행복, 불안이나 좌절까지, 결국 생존을 목표로 하는 이기적 유전자인 호르몬의 힘에 사로잡힌 결과물이거나, 성별을 둘로 나누어야 제대로 기능하는 사회 시스템의 의지에서 비롯된 것 아닌가?

생물학적 근원을 말하고 싶다면, 인간뿐 아니라 비인간 동물에서도 공통의 유사성을 발견해야 한다. 당신 눈앞에 고양이 두 마리가 가릉가릉 하며 지나갈 때, 어떤 게 수컷이고 암컷인지 가려낼 수 있는가? 반면 왜 인간은 외적으로 성별을 파악할 수 있게 되었으며, 그럴 수 없다면 이상하고 불안한 존재, 기괴한 존재로 낙인 찍힌 걸까? 오히려 그걸 단박에 아는 스스로를 단 한 번도 이상하다고 느껴본 적 없는 우리가, 기괴하지 않은가?

성별 개념을 뛰어넘을 때 생식도 더 효과적이지 않을까? 정자나 난자를 생산하는 몸과 몸이 합의를 통해 후세를 만드는 것이다. 자신의 사회적 성별 정체성을 무엇으로 인식하든 어떤 성별의 누구와 파트너를 하든 관계없이, 기꺼이 선택에 따라 '생산할 수 있는 몸'으로 인류 존속에 기여할 수 있을 테다.

가족은? 부모는? 양육은? 다급하게 따지듯 질문을 던지겠지만, 실제로 아이들에게 필요한 것은 '자지 달린

사람'과 '보지 달린 사람'이 아니라, 가까이에서 진심으로
돌볼 준비가 된, (육체가 아니라) '진심의 몸'을 지닌 사람들
아닐까?

　미래까지 갈 필요도 없다. 지금 이 시간에도 성별을
뛰어넘어 두 역할을 모두 해내는 인간을 우린 어렵지 않게
만난다. 그들에게 성별 정체성은 구차하고 불편할 뿐이다.
혼자 혹은 같은 성별의 두 사람이 결합해 생물학적 부모
없이도 가족이나 사회적 양육자로 충분히 만족스럽고 완벽한
돌봄을 수행하고 있는 것이 2024년 현실이다.

　그들 앞에 성별을 구분하고 정체성을 규정하려
시도하는 것이야말로 부당하고 불손하다. 성별이 부여하는
책임이 아니라, 자신에게 주어진 돌봄의 책무를 다하겠다는
마음만이, 진정으로 인류에게 필요한 몸 아닐까? 미래의
인류가 어떤 방향으로 확장되거나 일그러지더라도,
절대적으로 필요하며 가장 큰 쓸모를 발휘할 돌봄의 몸
말이다.

　건강상의 이유로 정기적으로 맞던 에스트로겐 주사를
끊었다. 이십여 년 넘게 맞아온 주사를 끊으면서, 덜컥 겁이
났다. 호르몬 주사를 끊으면 남성의 모습으로 되돌아 가는
것 아닐까, 비로소 평화롭고 온전해진 마음을 잃고 마는 것
아닐까, 두려웠고 불안했다.

　허나 처음부터 그럴 리 없는 일이었다. 내 몸은 남성이나
여성으로 존재했던 것이 아니었으니, 두 가지 가능성을 모두
지닌 온전한 인간이었으니, 지금도 여전히 '나'다. 근육이

조금 더 빠르게 올라오고, 턱 밑에 자잘한 수염이 돋아나기 시작했지만, 그것이 나를 바꾸지 못한다는 걸 이제야 깨닫는다. 나는 '나'로 살았고, 약간의 조정이 필요해 '수정된 나'로 살았고, 미래에도 여전히 '나'일 것이다. 낡은 가죽 장갑 같은 '나'일 것이다.

누구든 돌봐야지, 믿는 나. 여기 내가 사는 공동체와 이 공동체 속 아름다움을 지켜가는 사람들을 위해 미약하나마 무언가 해야지, 힘없는 목소리라도 내는 나. 그런 성별이 아니라, 그런 몸으로.

남성성의 모의^{謀議}로부터

2022년 11월 27일, 흥미로운 기사를 읽었다. 늑대에 관한
이야기였다. 미국 국립공원 공동 연구팀의 연구 결과에
따르면, 일종의 기생충 감염병인 톡소플라즈마증이 늑대를
리더로 만드는 데 기여한다는 것이었다.

톡소플라즈마증은 톡소포자충이라고 불리는 기생충
감염으로, 광견병, 조류 인플루엔자 등과 같이 대표적인
인수공통 감염병으로 알려졌는데, 국립공원 내 늑대들에
추적 장치를 붙여 추적해 보니 이 기생충에 감염된 늑대가
무리에서 우두머리 역할을 할 확률이 46배나 높았다. 감염된
후 톡소포자충이 근육과 뇌로 옮겨 가 증상을 발현시킨
후 휴면 상태에 들어가는데, 이 과정에서 테스토스테론과
도파민이 증가해 늑대를 공격적인 개체로 변모시킨다는

것이다. 감염된 늑대는 위험을 인지하는 능력이 저하되어
사자에게 달려들었다가 잡아먹히기도 한다는 이야기.

테스토스테론이라는 호르몬 물질이 남성이나 남성성과
동의어가 된 건 언제부터였을까. 중요한 건 테스토스테론은
결코 남성 성별의 전유물이 아니며, 그 수치만으로
남성성의 높고 낮음을 확증할 수도 없다는 사실이다. 위험을
합리적으로 인지하지 못하는 사람, 충동적인 행동을 즐기는
사람, 다소 높은 적극성을 지닐 수 있는 사람이란 걸 증명하는
수치에 불과하다.

현대 시대에 필요한 남성성은 오히려 그 반대 성격이나
성품 아닐까? 소통이 가능한 사람, 상대의 언어와 마음을
총체적으로 수렴할 수 있는 사람, 가지고 태어난 근력과
지구력을 때에 따라 적절히 쓸 수 있는 사람, 그런 남성성을
지닌 사람이야말로 고독과 고립, 불안과 재난의 시대에
필요한 남성 성별 아닌가 말이다.

높은 테스토스테론 수치는 성별과는 상관없이 인간에게
(감정적, 육체적) 인내를 어렵게 한다. 낡은 사회적 장치들과
선명하게 느껴지는 우월적 힘의 실재는, 끊임없이 '나'를
유혹할 것이다. '그래도 된다, 그럴 수 있다, 그건 재밌는 거다,
즐겨도 된다.' '보편'으로 잘못 기입된 사회적 통념은 여전히
우월한 테스토스테론 수치를 지닌 인간들에게 관대하다.
사회를 지키는 힘이자, 인간을 이끌어 갈 동력이 바로 그
테스토스테론에 있다고 끊임없이 회유한다. '그래도 된다,
그럴 수 있다, 그건 재밌는 거다, 즐겨도 된다.'

갇힌 몸

그러나 테스토스테론은 애초부터 남성성의 중심이
아니었다. 남성만의 것도 아니었고, 없으면 큰일날 불알
한 쪽도 아니다. 오히려 이 사회를 지배하고 왜곡하고
훼손한 것은 테스토스테론이 끊임없이 과장하고 덧댄
남성성의 신화다. 남자니까, 그래도 된다, 그럴 수 있다. 그건
재밌는 거다, 즐겨도 된다. 그런 모양의 생식기를 가졌으니
아무데서나 바지를 까고 소변을 봐도 되고, 속옷만 입고 공을
쫓아 빗속에 운동장을 뛰어도 된다고. 프리패스가 있다고,
그건 황금 불알이라고.

요즘 나는 오히려 여성이 지닌 테스토스테론의 힘에
관심이 있다. 지정성별 여성인 누군가 또한 테스토스테론이
어떻게 자신을 발전시켜 왔는지, 그 호르몬이 자신을
여성이라는 이름의 인간으로 어떻게 강하게 성장시켜 왔는지,
증언하고 기록할 수 있지 않을까?

강한 몸, 큰 몸, 적극적 에너지를 지닌 존재로 어떻게
제자리를 지켜왔는지, 스스로도 발견해야 하고, 여성의
삶에서 적극적으로 칭송되어야 한다. 너의 테스토스테론은
참으로 멋지게 여성인 너를 성장시켰다고, 아름답다고
말이다.

그리하여 여성과 남성 모두 테스토스테론에 동질감을
지닌 채 소통할 수 있다면, 서로를 향한 이해를 (재생산
중심이 아닌) 인간적 차원으로 밀어 올릴 수 있다면, 호르몬에
관한 사유는 남성성과 여성성을 다른 차원으로 도약시킬
기회이지 않을까? 금성, 화성, 애먼 별들의 이름까지 들먹이며

비겁하게 아뜩한 거리로 먼저 물러날 것이 아니라.

　　지정성별 남성은 끊임없이 '여성화'를 공포로 여기도록 학습된다. 생식기 크기는 자존감이고, 발기하지 않는 성기는 상상하기도 싫은 최악의 공포다. 지정성별 남성을 반복해서 '섹스'와 동일시하려는 시도 역시 의심스럽긴 마찬가지다. 발정 난 생물로 스스로를 인식해 누구에게든 먼저 달려 들어도 괜찮다고, 원래 남자란 다 그렇다고, 즐겨도 된다고, 작당 모의하는 속내는, 누가 어떤 목적으로 쏘아 올렸던 걸까?

　　성적 욕망이나 섹스는 한 인간 생물의 지엽적 특질이자 취향에 불과하다. '남자는 원래 다 그렇다'는 확신을 아무데서나 자랑스레 털럭거리며 흔들고 사는 삶이, 진정 인간 남성의 대표일 수 있을까? 어떤 인간에게도 제가 가진 몸의 폭력성을 제어하고 책임질 의무가 있다고 가르치는 것이, 문명 사회의 책무이자 또한 '문명적 남성'이 지향할 바 아닐까?

　　남성성을 끊임없이 유형화하여 부각하지만, 이 사회와 미래에 필요한 '인간 남성'이 고작 그뿐일 리 없다. 근육질 몸, 우람한 생식기, 그 살덩이 하나가 증명하는 것은 딜도 하나의 의미, 그 이상도 이하도 아니다. 그것 없이도 인간은 충분히 남성이거나 여성일 수 있으며, 보편적 쓸모와 실존적 가치를 지닌 채 성장할 수 있을 것이다. 더 이상 효용가치 없는 남성성과 여성성의 낡은 모의로부터 벗어날 때, 테스토스테론과 에스트로겐의 힘이란 것이 재해석 가능할 때, 미래는 인간 종에게 비로소 '새로운 진화'라는 용어를 허락할

갇힌 몸

수 있는 게 아닐까?

　꼭 새로울 필요 없는 것 아니냐고? 맞다, 그래도 된다, 그럴 수 있다. 그건 재밌는 거다, 즐겨도 된다.

제노모프와의 전쟁

욕망을 적는 일은, 거듭 난해하다. 욕망은 인간의 의지 바깥에 존재하면서, 몸이 일정 궤도로 공전(公轉)하게끔 힘을 발휘한다. 욕망은 인간의 전부처럼 각인되지만 전부일리 없으며, 그럼에도 인간의 한계를 가장 멀리까지 밀어 올린다. 그 중 성적 욕망을 적을 때, 인간은 일정 부분 스스로를 상실한다. 아니, 이건 트랜스젠더인 '나' 개인에 한정된 문장인지 모른다. 내가 감각한 남성 생식기와 내 욕망 사이에는 크나큰 괴리가 실재했기 때문이다. 그러니 내가 기록하려는 욕망은 일반 남성과 다를 수 있다.

아마도 내 성별 인식의 방식 혹은 육체적 디스포리아 때문일 텐데, 그래서 욕망에 관해 다른 시선을 가질 수도 있지 않을까 상상한다. 성적 욕망이 인간에게 그토록 중요한가,

나는 당연하게 받아들여지는 그 담론에 자주 반기를 들고
싶어진다. 몇 차례 언급했듯이 '호르몬의 장난'에 놀아난 게
아닌가, 몇 발짝 떨어진 인간으로서 불쾌할 때가 있다.

　　우선 내가 가졌던 '생식기'에 관해 좀 더 상세히 적어보자.
물론 남성의 생식기라고 통칭하는 것과 똑같은 기능과 모양을
가진 신체 기관이다. 내가 가졌던 건 한쪽으로 휘어졌다고
기억하는데, 발기하는 게 괴로워 붙들고 씨름하다가 그렇게
되었나 생각하기도 했다. 언제 어떻게 휘어지게 되었는지는
알 수 없다. 두 다리 사이에서 덜렁거리는 것도 참을 수
없는데, 휘어져 덜렁거리는 건 더욱 도드라진 곤혹스러움일
뿐이었다.

　　자해와 자학의 욕망과 싸우다가 이따금 그걸 붙들고
사정하기도 했다. 사정(射精)도 했지만, 사정(事情)도 했다.
그러다가 포피(包皮) 속 귀두를 들여다보기도 했는데, 그
가운데 난 구멍이 아주 작은 주둥이 같아 보였다. 눈도 코도
없이 내 쪽으로 입을 벌린 주둥이.

　　요도의 끝부분이겠지만, 그걸 붙들고 사정할 때마다 그
구멍이 나를 향해 말을 하는 것 같았다. 소용없다, 포기해라.
무슨 짓을 해도 나를 잘라내고 살아남진 못할 걸? 씰룩거리며
그 작은 주둥이가 움직일 때마다 나는 목을 조르듯 그걸
움켜쥐기도 했는데, 찢기는 것만 같은 통증이 아랫배를 타고
치솟으면 더 이상 견디지 못하고 놓아주고 말았다.

　　그 좁쌀알만 한 주둥이 앞에서 나는 항상 좌절했다.
이유도 알 수 없이 다리 사이에서 그게 꿈틀거리면, 그

혼란 기쁨

주둥이와 만나야 하는 일이 끔찍하고 두려웠다. 자위라고?
다시 또 조롱 당하고 결국 패배하는 나를 마주하는 일은 결코
'위로'일 수 없었다.

　　눈도 코도 없이 주둥이뿐인 그것을, 어느 날 다리
사이가 아닌 영화에서 보았다. 〈에이리언〉(1979)이었다.
'제노모프xenomorph'라고 불리는 외계 생물이 숙주인 우주
항해사의 가슴팍을 뚫고 나올 때, 이빨 달린 작은 입을 벌려
캬악 위협하는 체스트버스터의 모습은 영락없이 내가 두 다리
사이에 가졌던 것과 똑 닮아 있었다. 〈에이리언〉의 크리쳐
디자이너인 H.R. 기거(H.R. Giger, 1940-2014)가 그 외계
생물을 그리며 남성의 성기를 참조했는지 알 수 없지만, 내
눈에는 영락없이 그렇게 보였다.

　　제노모프의 아기라 할 수 있는 체스트버스터가 숙주를
죽이고 뛰쳐나와 피 칠갑하며 연구실 바닥을 달려 도망칠
때, 나는 나만 읽을 수 있는 모종의 통쾌한 은유를 만난 것
같았다. 내가 그 영화를 본 건 개봉 훨씬 뒤였고, 남자가
되어야 한다고 스스로를 억압하던 때였으니 외면했지만, 이후
다시 그 작품을 볼 때마다 어린 시절 내 절박함이 떠오른다.
이제 다시 그것과 마주할 일 없기에 훨씬 더 평온한 관람객이
되어서 말이다.

　　내가 갖지 못한 여성 생식기에 관해서도 적고 싶지만,
불가능하단 걸 안다. 해부학 책에서 만날 수 있는 생식기는
생물학적으로 의도된 상상도에 가깝다. 감각이나 생김이
삭제된 채, 오직 기능적인 사항들만 나열한 그것은 인간의

것으로 느껴지지 않는다. 남성에 의해 만들어진 포르노 속 여성 성기와 유사한 게 아닐까? 생식기를 바라보는 시선에, 그 육체의 정체성이나 존재 혹은 그걸 가진 사람의 감각이나 인식을 읽으려는 태도가 없다는 점에서 말이다.

언젠가 지정성별 여성 역시 신체 일부인 그것에 관해, 서로 다른 시기의 그 몸에 대해, 자기 언어로 기록하고 또 퇴고할 기회가 더 많아지기를 바란다. 끝내 나는 여성으로 살면서 여성의 몸은 명확히 적을 수 없겠지만, 짐작건대 크게 다르지 않을 거라 추측해 본다. 우린 어떤 성별을 가졌든 배아 상태에서 같은 몸을 밑그림으로 성호르몬의 수치에 따라 두 다리 사이가 다른 모양으로 발달한 결과물이고, 그것이야말로 과학적 생물학적 팩트다. 결국 다른 피, 다른 염색체를 지녔더라도, 같은 길 위에 나란한 표지판처럼 방향만 다른 서로인지도 모른다.

우리가 서 있는 길을 왜곡 없이 기록하려면, 눈앞의 선명함 너머 흐릿한 것들을 언어화하고 사유해야 한다. 표지판만 따라가서는 표지판을 꽂은 사람이 원하는 곳에 도착하게 된다는 걸, 우린 모두 잘 안다.

내가 가졌던 생식기가 발기되었을 때, 그때의 나 역시 유전자가 추동하는 감각을 지녔을 것이다. 성적 욕망이라고 불러야 하겠지만, 그때의 발기가 성적 욕망은 아니었다고 기억한다. 자위가 나에게는 위로가 아니라 발기를 멈추는 방식이었던 것처럼, 나의 성적 욕망은 두 다리 사이 그것과 확실히 유리된 채였다.

혼란 기쁨

지정성별 남성의 벗은 몸을 보면 자극되고, 그 몸을 만지고 싶은 감정은 있지만, 그 마음과는 별개의 곳에 욕망이 실재했다고 적는 수밖에 없다. 그러니 호르몬 치료를 시작하고 더 이상 빈번하게 발기되지 않는 그 생식기를, '안심'이라고 적었던 것일 테다.

　　나이가 든 지금 나에게는 성적 욕망이란 게 거의 없다. 훨씬 더 자유로워졌다. ('자유롭다'는 의미의 행간을 먼저 읽을 수 있기 바란다.) 지금의 파트너인 내 신랑과의 섹스는 만족스러웠고, 앞에서 적은 것처럼 삽입 당하는 쾌감보다, 만져지고, 온기를 느끼는 것, 쓰다듬어지는 것 같은 방식이 더 좋았다.

　　인공적으로 만들어 그런지 모르겠지만, 질이 조금씩 얇고 건조해지고 삽입으로 통증이 생겨 성관계 횟수는 더 적어졌다. 다행히 이성애자 남성인 신랑 역시 생식기 집착적인 성적 욕망이 크지 않은 사람이고, 안아주거나 쓰다듬거나 입을 맞추거나 애정의 말을 주고받는 것으로, 우리의 '성관계'는 진화했다.

　　어떤 욕망도 보편적이지 않고, 한 개인 안에서도, 시기에 따라, 나이에 따라, 몸의 상태에 따라, 다종의 감각이 다른 방식이나 형태로 실재할 수 있음을 인정해야 한다. 가뿐히 그 욕망을 뛰어넘을 때, 더 이상 욕망하지 않는 몸을 수용하고 다른 욕망에 몰두할 때, 충만하고 새로운 실존 감각을 지닐 수 있는 게 아닐까? 종교인이나 수행자가 아니더라도 말이다.

　　생식 기능이 왕성한 시기에나 유효한 성적 욕망에

갇힌 몸

삶을 통째로 양도하고 늙음은 결핍이자 부족함이 되게 하는 사회는 진정 '안정적'인가? 건강한 (섹스) 남성, 건강한 (섹스) 여성에서 탈락하지 않기 위해 감정적 경제적 비용을 들이고 스스로 자존감을 깎아내리면서 얻을 수 있는 '안정'이란 게 뭘까?

그걸 뺀 나머지에 관해 말할 수 있는 생물. 자만하지 않고, 함부로 확신하지 않는, 누구의 가슴도 찢고 나오지 않겠다는 마음을 지닌 '눈'과 '귀'를 가진 존재. 그런 인간 생물의 숫자가 더해질 때, 인류 사회는 좀 더 실질적인 '안정'을 도모할 수 있는 게 아닐까?

성별은 왜 복제되는가

"사내자식이 계집애 같아서 어디다 써먹어?"라는 목소리를 들은 기억은, 아주 멀리까지 거슬러 올라간다. 나를 '사내자식'이라고 명명한 근거는 간단하다. 두 다리 사이 그것. 여성에게도 (생식기가) '달린' 것은 마찬가지인데, 그들은 그때마다 나에게 '떼어버리라'고 일갈하곤 했다. 그렇다면 당시 한국 사회가 남성에게만 사용했던 '달린'이란 용어는 '덜렁대는'의 파생어쯤이었던 걸까?

　오십 대에 사회적 여성의 일원으로 살고 있는 지금의 나는, '계집애 같아서 써먹을 수 없음'에 주목한다. 그러니까 생식기와는 상관없이 특정 성별로 호명되는 순간 즉각적으로 '쓸모'를 상실하는 사회 시스템 말이다. 종족의 생존을 위해 암수 구별이 더 명확해질 필요가 있었는지도 모른다. 여성을

'큰 몸, 힘센 몸, 싸우는 몸'으로 키우는 것보다, 남성을 그렇게 활용하는 측면이 효율적이라고 '자연'이 '선택'하게 되었는지도 모른다.

그러나 생존에 유리했던 그때의 쓸모는, 부족을 이루고, 마을을 이루고, 영토를 가지면서, 복제된 당위로 떠받쳐진 면은 없었을까? '진리'라거나 '역사'라는 단단하고 거대한 힘을 가진 구체(球體)로, 인류 문명을 독점했던 것은 아닐까? 구르고 굴러 가속도를 얻고 덩치가 커지면서, 지구라는 이 행성의 절대 진리 같은 것으로 말이다.

성별 분리 혹은 구분의 효용성은 가변적이어야 마땅하다. '변할 수 없다'고 고집부리는 자는 지금의 질서로 '이득을 취하는 자'일 것이다. 집단적으로는 이기심, 개인으로서는 비겁함 그리고 사회적으로는 태만함의 증거다.

돌아보면 어렸을 때 받았던 '사내다움'의 압박은 몸이든 태도든 사용하는 언어든 특정 유형을 주입했다. 몸을 크게 키우고, 근육을 만들고, 두려움을 뛰어넘는, 흡사 자해나 자학에 가까운 무모함을 통해서라도 용기를 획득하게 만드는 강요였다. '사내'는 오직 한 가지 종류뿐이었다. 선택은 없었다. '계집'도 마찬가지, 오직 한 종류였다.

'달린' 몸을 가지고 태어났다는 이유로 맨 앞에 서야 했던 남성들도 곤혹스러울 때가 있었을 것이다. 안과 밖에서 지긋지긋한 남성성을 강요받고, 총각 딱지를 떼야 한다고 우정의 이름으로 원치도 않는 폭력의 가해자 혹은 피해자가 되고, 남자가 한 번쯤 그럴 때가 있는 거라고 희희낙락

어깨를 걸고 이렇게 웃어보라고 입이 찢긴 경험들이 그 시절 남자라면 누구에게나 있었을 것이다. 적지 않은 남성이, 그때의 환멸을 지금도 추억처럼 감추고 있는지 모른다. 무언가 훼손되었다는 걸 알고 있지만, 지금은 그런 남자가 된 덕분에 학교에 들어가고, 친구를 얻고, 가정을 갖고, 아버지가 된 쓸쓸한 가장들이.

가해자에게 서사를 부여하지 말라는 외침을 이해하지만, 나는 동의하지 않는다. 그놈의 서사를 알고서도, 속속들이 이해하고 연민을 가지고서도, 심지어 같이 끌어안고 울고서도, 가해 사실이 엄격히 단죄되고 처벌받을 수 있다는 사례들을, 우리는 증인이나 당사자로서 역사에 쌓아가야 한다.

연민이나 이해를 죄악시해버리면, 인간을 펌훼한 '정의'는 반드시 방향을 바꾸어 누구든 찔러댈 것이다. 죄를 사람과 분리할 때, 그러면서도 엄격하게 단죄할 수 있는 사회를 만들어갈 때, 편협한 효용성을 지닌 성별과 위계를 근거로 한 착취의 역사는 비로소 새로운 층위로 도약할 수 있는 게 아닐까?

한국 사회에서 성별은 지워질 수 없는 낙인처럼 작동한다. 누구나 단번에 확인할 수 있어야 하고, 쉽게 분류 가능해야 하며, 그에 따라 기능이나 쓸모를 추측할 수 있어야 한다. 태어날 때 찍힌 두 다리 사이 생식기의 낙인에 복속하도록 강요 받는다.

'낙인'이라는 용어가 불편한가? 육체에 찍혀, 도려내지

갇힌 몸

않고는 벗어날 수 없는 표식을 명명하는 다른 단어를
떠올리는 것이 가능한가? 아니다, 문신은 지워진다. 시간이
걸리지만, 끝내 흐릿해지고 지워질 수 있다는 가능성을
내포한다. 생살을 잘라버리거나 도려내거나, 반드시 상처를
남기게 되는 그 표식을, 원하지도 않는데, 이마에, 아니
두 다리 사이에 찍힌 그 표식을, '낙인' 말고 다른 단어로
명명하는 것이 가능한가?

자신의 신체를 긍정하고 육체를 긍정해야 한다는 당위를,
트랜스젠더인 나를 향해 사용하는 건 옳지 않다. 나는 내
신체를 누구보다 긍정하고 아낀다. 내 두 다리를 아끼고, 내
두 팔을 아끼고, 내 머리와 외모, 근육 하나하나까지 빠짐없이
아낀다. 아무리 애써보아도 나에게 '쓸모'를 확인할 수 없었던
신체의 한 부분만을 제외한다면 말이다.

그 부분을 덜어내고, 상처를 지닌 채, 그 어떤 생의
순간보다 더 긍정적인 생의 활력을 되찾은 나는, 내 신체를
긍정하지 않은 것인가? '신체발부 수지부모(身體髮膚
受之父母)'만이 진리라고 믿으며 오직 생식기 하나에만 붙들린
당신의 긍정은, 한 인간의 생을 위한 실질적 '긍정(肯定)'인가?

인간의 사회적 성별이란, '외투' 같은 것이어야 하지
않을까 짐작한다. 계절에 따라 환경에 따라 바꿔 입어야 하는
피륙처럼, 인생의 시기에 따라 덜어내고 더해질 필요가 있는
게 바로 성별이거나 성별성이지 않을까? 때에 따라 자기
안에 존재하는 또 다른 가능성을 점검하고, 그 시기에 알맞은
적절한 외투로 바꿔 입어야 한다. 사회적 요청은 요청일 뿐, 내

몸에 걸맞은 외투는 내가 제일 잘 안다. 꾸밈 시장이 필요한 자본주의의 요청에도 내 생활이나 환경에 걸맞은 외투는 내 선택이어야 한다.

어떤 몸을 가졌든, 어떤 생식기를 가지고 태어났든, 우리의 성별(성)은 변하고, 복제되고, 실패하고, 결국 나에게 맞는 성별(성)을 찾아간다. 죽을 때까지 입고 싶은 어떤 외투 한 장처럼, 근거나 이유도 제대로 알 수 없이 유난히 내 것이다 싶은 그 외투 하나처럼.

'트랜스젠더'라는 이름의 내 성별 외투 역시 많이 변했다. 남들보다 훨씬 더 많은 부분 변했고, 그리고 여전히 나에게 맞는 외투를 찾고 있는 중이다. 예쁘기보다 튼튼했으면 좋겠고, 아니 그래도 어느 정도 예쁘기는 했으면 좋겠고, 무겁지는 않았으면 한다. 머플러를 하는 한이 있더라도, 무거운 외투는 딱 질색.

3

접힌 몸

차별 없이 나란히

빈 몸 하나로 무작정 달려보고 싶을 때가 있다. 모든
규정으로부터 벗어난 몸으로 말이다. 지정성별 여성이나
남성의 몸을 가진 누군가도 같은 생각을 해본 적 있을까?
사회로부터 부여 받은 외피, 양육자가 가르친 말, 유전자의
목표로 추동되는 모든 것들을 덜어내고 무게 없이 내달리고
싶은 기분.

결핍이나 부유함, 좌절이나 환희, 성취감이나 상실감마저
모두 벗어내고서, 생명의 문에 들어선 뒤 어느 정도 삶을
통과해 생의 중간에 처음 온몸 그대로 오롯이 서고 싶은 마음.
달릴 수도 없는데 달리고 싶은 마음을 소리 내 말해보고 싶은
마음, 익을 대로 익어 저절로 터지듯 새어 나오는 무언가를
입안 가득 물고서, 나에게 주어진 최고 속도를 한 번쯤 시도해

보고 싶은 그런 욕심 말이다.

인간으로 사는 일은, 결국 집착하는 몸이 되어가는 과정이구나 깨닫는 나이가 되었다. 그런 몸이었기에 삶이 가능했을 것이다. 인간으로 생겨난 책임을 다하는 것. 그 책임은 다른 어떤 생명보다 무겁다. 빛과 어둠을 아는 책임, 물의 성분을 아는 존재로 사는 책임, 질문할 수 없다고 믿어지는 것들을 향해 의미를 또 한 번 물을 수 있는 생물로 생겨난 책임. '왜 사는가?'라는 물음에 고정된 해답은 무례하고 천박하지만, 끝내 질문을 포기하지 않고, 아주 형편없는 답이라도 찾고자 꿈꾸는 생물의 책임.

내가 기억하는 최초의 꿈은, '여자'나 '남자'가 아니라 '선생님'이었다. 선생님의 일이 어떤 건지 나는 알지 못했고, 무얼 해야 선생님이 될 수 있는지, 어떤 공부를 해야 하는지 짐작조차 하지 못했다. '선생님 된다'는 상상이 철없던 시골 아이에게 그 시절 가장 꼿꼿한 미래였으니, 아마도 '선생님'이었을 것이다.

한번은 '과학자'라고 적어 넣었던 기억도 있는데, 공룡이 되겠다거나, 다람쥐로 살겠다는 꿈과 크게 다르지 않았다. 이번엔 좀 다르게 써볼까, 짝꿍이 그렇게 적으니 나도 그럴까, 빈칸에 과학자라고 적어 넣고서, 나는 과학자를 알지 못했고, 알지 못하는 내가 이상하지도 않았다.

그 시절엔 꿈을 장난감처럼 마음 내키는 대로 끄집어내 늘어놓았다가, 엉뚱한 데 끼워 넣으며 놀았다. 금세 싫증 내고, 팽개치고 돌아서서 잊어버렸다. 요즘 아이들은 이른

접힌 몸

나이에 손바닥만 한 화면 속에서 세상의 이치를 깨닫는다고 하던데, 그 꿈은 제 꿈일까? 최대 밝기로 높여 읽는 문장은 제 문장일까? 혹시 아직도 이따금 공룡이나 다람쥐가 되고 싶은 적은 없을까?

꿈이란 참 이상하기도 하지, 한 번도 고꾸라지지 않고 꼿꼿했던 건 내가 아니라 그 지긋지긋한 '꿈'이었단 걸 알게 된다. 나의 꿈은 곧 나의 책임인가? '꿈'이란 글자를 배운 순간부터 평생토록 한 인간의 몸에 들러붙어 끊임없이 채근하고 종용하는 강철같은 언어. 누구도 거역할 수 없도록 꽁꽁 묶어 그 안에만 살게 하는 자랑스러운 구렁텅이 같은 말.

추억처럼 이따금 지난 꿈들을 들춰본다. 이루어졌거나 이루지 못했음을 나누지 않고, 인생의 낱장이 된 시간을 차별 없이 나란히 놓아 본다. 십 대가 되면서 내 꿈의 남루함을 알아버렸고, 이십 대에는 순리의 몸들과 싸우다가, 서른이 되어서야 인생을 다시 거슬러 올랐다. 누구보다 크게 원을 그려 겨우 제자리로 돌아간 셈이다.

나는 종종 뚝 잘려 나간 내 삼십 해를 종이배처럼 망각의 호수 위에 띄우고서, 그마저 지우겠다고 벽 위에 문지르는 짓만 반복하곤 한다. 그때에도 좋은 시절, 좋은 기억, 강철같은 꿈, 그런 소중함이 실재하지 않았느냐, 간직해야 하지 않느냐 사람들은 묻곤 하지만, 그들은 내 혼란을 낱장으로만 헤아릴 뿐 그 한쪽이 단단히 동여매어져 있다는 건 상상하지 못한다.

그들의 질문은 틀리지 않았고, 묶인 내 혼란도 잘못되었을 리 없고, 그럼에도 아득한 그들과 나 사이거리감을, 나는 잊지 말아야 한다. 내 실존은 펼쳐진 쪽이 아니라 묶인 쪽에 담겼다. 꼬깃꼬깃 접힌 자리였으니, 모르는 너와 나 모두 아는 것처럼 고개 끄덕이며 웃어주어야 한다. "네, 어쩌다 보니 그렇게 됐네요." 그들과 닮은 얼굴을 열심히 배우며, 그들처럼 꿈과 순리를 지나쳐 남루한 몸에 다다르고 만 것처럼.

그럼에도 오십 몇 해의 삶에 접어든 당신과 내가 크게 다르지 않을 거라는 문장을 적고 싶다. 실패한 꿈들과 집요한 희망들과 곳곳에 주름지기 시작한 몸들로 우린 서로의 앞에 섰거나, 앉았거나, 누웠다.

성별이란 실존의 도구라기보단 생산을 위한 도구였고, 낡은 외투거나 지갑이거나 몸이거나 이제는 오래 전 추억이어야 한다. 추억을 겹겹이 손에 든 사람으로서, 어딘지 모를 한 군데가 묵직하게 묶인 혼란을 끌어안은 유사한 생으로서, 나는 지금에 와서야 우리가 평형에 가까워진 거라고 믿고 싶다.

'믿는다'는 술어는 거짓, 그러나 그 거짓의 언어가 그나마 가장 가까이 진실 쪽에 묶여 있음을 안다. 평생토록 멀기만 했다가 이제야 겨우 무언지 모를 진실 쪽으로 가까이 다가가 있음을. 믿음 덕분에 그래 왔음을.

오십이나 육십의 꿈을 적어보고 싶은 마음이 또 숙제처럼 책상 위로 날아들지만, 꿈을 적지 않고 꿈에 관해 말할 수 있는 방법은 없는 걸까 조급해진다. 그동안 지긋지긋하게 꿈에 쫓기고, 꿈에 묶이고, 꿈으로 채근 당하고, 꿈으로 모욕

접힌 몸

당해왔으니, 이제 한 번쯤 꿈 없이도 인간다운 생을 적고 싶은
마음을 무모하고 황당하다고 폄훼해야 할까?

어딘가 접혔거나, 잘려 나갔거나, 구멍 났거나, 지금
우리들 몸은 인생의 상처 한 두 개쯤 묶어 놓고 살아남은 몸일
텐데 말이다. 고독해 헐벗었거나 돈이든 마음이든 굶주렸거나
남루한 생이 먼지처럼 내려앉은, 어쨌거나 느려지고
서툴러지는 중인 몸일 텐데.

비계처럼 꽉 들어찬 채 텅 빈 것 같은 몸과 마음을,
뚜렷한 언어로 호명하고픈 욕망은 아직 남았다. 외피만 바꾼
꿈인지 책임인지, 나는 알지 못한다. 이름을 붙이는 일은,
권력을 행사하는 일. 남루한 채 나는 이 기록을 남기고 싶으니,
어떤 이름도 부르지 않을 작정이다. '접힌 것'이라고 밖에는,
다른 어떤 이름으로도.

혼란의 나무

늙는다고 할 때, 우리의 총체적 몸 중 실제로 어느 부분이 늙는 걸까? 시간은 수조 개의 별 중 겨우 별 하나의 사정이라는데, 수십억 인간 생을 향한 '늙음'의 그 위압적인 힘을, 인간은 어떻게 받아들여야 할까? 여자와 남자 사이 어딘가에 부유하는 몸이긴 하지만, 나는 내 몸의 '늙음'이 언제 시작된 것인지 그 몇 페이지의 지난날을 제법 또렷이 기억한다.

맨 처음 '늙는구나' 느꼈던 때는 중학교를 졸업하고 고등학교에 들어가던 즈음이었다. '산다는 것'의 피로함을 그때부터 꽤 선명하게 인식하기 시작했다. 몸을 건사해야 한다는 것, 생활을 지켜야 한다는 것, 감정을 통제하고 수습해야 한다는 것, 그 모든 해야 할 것들을 한꺼번에 떠올려야 했던 시기가 그때였다.

당시 유전자의 힘이 강요한 성숙이 나에게는 성숙일 수 없었고, 오히려 나를 더욱 피로하게 했고, 역설적으로 내 총체적 몸의 '늙음'을 각인시켰다. 몸은 나날이 나를 짓누르는데, 몸 바깥에도 내 실존을 자유롭게 하는 안심이나 안도는 찾을 수 없었다. 그 즈음 나는 어서 빨리 이 생이 끝나기만을 바라곤 했다. 이불을 뒤집어쓰고서, 창창하게 남았다는 생을 모든 언어를 동원해 저주했다.

질질 끌려가며 형편없이 늙어가기만 했던 내 총체적 몸은, 서른 즈음 성 확정 치료를 시작하면서 처음 활기를 얻었다. 이 사회가 강요하는 건강함을 잃고서 얻은 활기였고, 이 사회의 성숙을 거부하고 마침내 내 것이 된 생의 에너지였다.

삼십 대와 사십 대를, 나는 (사회적) 여성으로 살았다. 그러나 여성의 삶이 이어질수록 나는 결코 여성일 수 없는지도 모르겠구나 깨닫는 날들이 많아졌다. 불알 뗀다고 여성이 되느냐고 내 SNS에 몇몇 혐오자들이 의도적으로 떼 지어 몰려와 글을 남겼을 때, 생물학적 여성을 모독하지 말라고 나의 생을 범죄자의 것 취급했을 때, 나에게 발화할 수 있는 언어가 없다는 걸 알았다.

어떤 자지도 내 몸속에 사정할 수 없다는 걸 알고 있었고, 몸속에 원치 않는 생명이 들어와 자랄지도 모른다는 공포를 느낄 필요도 없었다. 아무리 골백번 수술하고 치료를 받고 주사를 '처맞아도' 그런 몸일 수 없다는 걸 받아들여야 했을

때, 나는 누구보다 안전하면서도 쓸쓸한 여성의 몸이 되고
말았다. "너희들이 무슨 여자냐!" 외침을 등 뒤에서 들어야
했을 때, 나는 겨우 얻은 몸의 활기를, 비로소 자유로워진
몸을, 갈기갈기 찢어발기고 싶었다.

　　나는 그즈음, 제일 많이 늙었다. 평생을 살아왔던 총체적
몸으로, 남자 몸으로도 여자 몸으로도, 완벽히 무기력해졌고,
뭐 이 따위 생으로 태어나 이 따위로 살아가고 있는 건가,
어서 빨리 생이 끝나버리기를 바랐고, 활기를 실어 나르는
온몸의 혈관을 갈가리 뜯어 뙤약볕에 시뻘겋게 널어 말리고
싶었다.

　　새까맣게 파리가 꼬이고, 구더기가 득실거려, 파리가
구더기를 먹고, 구더기가 다시 파리의 몸통을 빨고,
구더기인지 파리인지 짓이겨진 몸이 씩씩하게 유전자를
실어 나르던 혈관과 하나 되어 악취를 풍기며 새카맣게
말라버리기를.

　　그때 나는, 너무 많이 늙어버렸다. 한꺼번에 늙었고,
그 늙음을 극복하지 못한 채, 입도 찢고 눈도 찢고 과장된
몸짓이라도 찢어, 사진 속에서나마 자주 허공에 몸을 매단다.
이 징그러운 몸을, 흉측하고 끔찍한 몸을. 무어라 규정하지
못한 몸을, 그것조차 해내지 못한 몸을. 날마다 죽어야 하는
몸을.

　　역설적이게도, 사회적 나이 오십이 큰 위안이 되었다.
서른이거나 마흔이라면 아직도 수십 년을 더 살아야 하는
끔찍한 몸일 텐데, 오십이라니 훨씬 홀가분해졌고 끝에

접힌 몸

가까워진 기분이었다. 멀리 온 느낌이었다.

어느 TV 프로그램에서 '덱스'라는 방송인이 했던 텔레포트에 관한 이야기가 오십에 다다른 내 느낌과 꽤나 겹쳤다. 며칠 동안 잠을 재우지 않는 특수부대 훈련의 지옥주간에 잠깐 눈을 감았는데 이미 저만치 몸이 앞서 걷고 있더라는 말. 나도 모르는 몸이 나를 이끌고 어딘가로 가더라는 그 말이, 그 즈음 나와 내 몸을 가장 잘 설명한 수사였다.

'늙음'의 가장 큰 위로는 '멀리 왔다'는 실감인지 모른다. 형편없고 보잘것없어도 죽지 못해 버티고 살아냈던 몸들이라면, 정말 그럴 것이다. 지독하게 하루를 버텨 이미 멀리 왔으니, 어쨌거나 살아서 여기까지 왔으니, 이제 죽고 싶은 마음도, 자해나 자살의 욕망까지도, '얼마 남지 않았을 텐데 뭐 하러 굳이?' 킬킬거릴 수 있는 가장 씩씩한 무기력을 얻었을 테니 말이다. 또 한 번 뒤집혀, 보잘것없는 나를 살게 하는, 늙은 비관, 늙은 자해. 여기까지 잘 주름진 내 절망의 접힌 살.

어떤 몸에게든 잘 늙기 위해 필요한 한 가지는, 아마도 '현명한 분리(分離)'가 아닐까 짐작한다. 사람이든 시절이든 이별하는 고통은 지독하겠지만, 그 의미를 비로소 헤아릴 수 있는 때가 바로 지금일 테니 말이다. 어떤 몸으로 어떻게 늙었든 상관없다. 도착한 여기 이 늙음은 제일 현명해진 자리다. 그럴 수 있는 자리다.

다행히 나는 그 시절들의 가열찬 절망으로부터 집요하게

걸어 나왔다. 여전히 숙제는 남았고, 끝까지 해답 없을 질문을 알고 있고, 지나온 날들보다 적게 남았을 앞으로의 날들을, 선물처럼 지키고 싶다고 말할 수 있게 된 요즘이다. 답이 없는 질문들을 찾아 누구도 가지 않는 깜깜한 숲속을 기어이 헤매 나왔으니, 이제 어느 볕 잘 드는 땅 한 줌을 집 삼아 남은 몸에 시간을 주고 싶은 그런 맘, 늙은 마음.

떠난다는 게 어떤 건지, 나는 안다. 육체로부터 분리된다는 게 어떤 건지도 잘 안다. 알 수밖에 없다. 어떤 건 늙지만 또 다른 건 늙지 않고, 어느 몸은 늙지 않지만 어떤 몸은 한꺼번에 늙고 마는 생이 누구에게라도 실재한다는 걸, 누구보다 잘 인식할 수밖에 없는 몸이다. 마음대로 되지 않고 그럴 수도 없는 몸의 생리를, 실존의 생리를, 나는 내가 지나온 혼란의 나무마다 자해의 돌로 새겨 두었다.

몸이란 결국 인식의 감옥, 나는 그 감옥 너머로 손을 뻗어 보았으니 영원히 실재할 그 자유를 어렴풋하게나마 알 것 같기도 하다. 그러니 두려워 말고, 끝났다고 섣불리 결론짓지 말고, 길을 잃은 자리에서 팔이든 다리든 입이든 생식기든 들어 올려, 주름진 채 쑥쑥 자라고 있을 당신의 나무를 찾길. 당신과 함께 끝까지 자랄 나무를 찾아 그 앞에 빈 몸으로 다가서는 것부터, 어루만지기부터 다시 시작하길.

메아리라도 좋으니, 저마다의 이유로 산산이 흩어진 우리의 늙은 날이 돌들을 움켜쥔 그 자리에서 햇볕을 쬐길.

접힌 몸

우리는 파치가 아니다

나는 쓸모 없는 몸이었다. 쓸모가 외부의 기준으로 규정된 것이라면, 내 쓸모는 평가할 가치조차 없었는지도 모른다. 퀴어라서가 아니다. 떠밀린 인간이어서 그렇다.

죽을 때까지 유효할 내 몸의 쓸모를 운 좋게도 한 가지 발견했다. '환대하는 몸'이라고 적기엔 거창하지만 '웃는 몸'이긴 하다. 누군가는 사회적 여성에게 강요된 수동적 태도를 무비판적으로 복제한 것뿐이라고 규정하겠지만, '웃는 몸'은 공존하는 인간과 인간 삶을 지켜내기에 아주 효과적이다.

환대하는 몸과 싸우지 않겠다는 의지를 동일시하면 이해(理解)는 실패한다. 믿음과 신념을 분리하고, 선의와 착취를 분리하고, 신의 뜻과 인간의 모의를 분리하고,

개인의 실존과 이기적 아집을 분리할 때, 어떠한 상황에서도 환대하는 나로 살겠다는 의지는 (홀로이기에) 더 힘겨운 싸움이고, 그리하여 실존의 감각을 새기는 기회가 되기도 한다.

기울어진 질서 너머를 조망하기 위해서는 현재를 빙하처럼 감각해야 한다. 보이지 않지만 이 거대한 몸체를 떠받치고 있을 그 끄트머리 너머로까지 깊숙이 자맥질해야 한다. 그 과정에서 다칠까 두렵기도 하지만 중대한 것은 훼손된 이후의 순수인지 모른다. 누더기가 된 마음을 움켜쥐고서 나의 실존이 어디로 나아갈 수 있는지, 내 몸의 쓸모를 끝까지 지켜낼 수 있는지, 그 이후에도 여전히 누구라도 환대할 수 있는 나인지, 그 의지만이 나의 실존을 증명할 것이다.

늙은 것과 낡은 것은 별개의 것. 늙지 않고 낡은 삶도 있고, 늙은 채 날마다 새로워지는 삶도 얼마든지 가능할 것이다. 나는 그때 끼워야 할 첫 번째 단추가 '환대'의 마음이 아닐까 믿고 있다.

안다, 믿음은 거짓이다. 그러나 환대의 마음은, 미끄러지더라도 진실 곁으로 가장 가까이 곤두박질칠 것이다. 목표 지향적 문명의 의지가 시시각각 인간의 환대를 배신할 가능성을 점멸시키더라도, 공존하는 존재를 무조건 환대하겠다는 그 마음이 더 많은 걸 지킨다.

환대하는 삶이란, 인간 삶의 궁극에 가 닿는 모든 실존의 밑그림이 아닐까? 평화든 안정이든, 사랑이든 화해든 무어라

접힌 몸

불러도 괜찮을 것이다. 모든 삶을 일으켜 세우는 관념과 맞닿아 있으니 끝까지 환대를 지켜낸 그의 늙음은, 낡지 않고 존귀한 인간의 가장 빛나는 쓸모일 것이다. 폭죽처럼 쏘아졌다가 순식간에 사라지고 마는 환각의 빛이 아니라, 끝 간 데 없이 밝히고야 마는 새벽녘의 미명(微明)을 닮은.

이따금 침대에 누워 자판을 치는 상상을 한다. 쓸데없이 더듬이가 많은 탈인간 생물인 나에게 늙음은 더욱 무지막지한 방식으로 다가올 것이다. 어쩌면 내 두 다리 사이에 묶인 관념이나 고민까지도 단박에 날려버릴 순간이, 부지불식간에 찾아올 것이다. 갑자기 올 것이다.

그때에도 나는 글을 쓰는 사람이기를 소망한다. 몸이 움직이지 않고 손가락 하나 간신히 움직일 지경이라도, 대부분의 쓸모를 잃어버린 몸을, 새로워진 몸을 또 한 번 기록하고, 다가올 시간을 환대로 기입할 수 있기를 바란다.

기록하려는 마음 같은 것이야 쉬운지 모른다. 그때쯤이면 오히려 기록할 수 있는 몸이 더욱 간절해질 것이다. 쓰는 몸 없이 마음뿐인 삶이란 결국 제 안에 고립된다. 독에 갇힌 두꺼비처럼 아무리 뛰어 봤자 결국 항아리에 갇힌 몸.

무슨 수를 써서라도 죽기 전까지 쓰는 사람이어야 한다. 나의 실존이 그깟 성별에 갇히지 않고, 모호한 건강에 머물지 않고, 내 총체적 몸과 심상의 구체적 쓸모를 찾아 끝까지 지켜지기를. 살아 있으니, 쓸모가 여기에 있다고 확신해야 한다. 쓸모 없는 삶도 삶이라고 할 것이 아니라, 쓸모는 그 몸 안에 유전자처럼 내재한다고 단언해야 한다.

혼란 기쁨

나의 쓸모가 곧 나의 정체성이며, 정체성은 깊이 뿌리
박혔지만 변하고, 가변성은 쓸모의 뿌리고, 우리의 정체성도
쓸모도 희미해지고 말 때, 죽음은 가장 결정적이어서 중대한
실존의 행위로 승인될 수 있을 것이다. 내가 내 몸으로 확증한
결정이니, 그 '자유 죽음'은 어쩌면 끝까지 의미를 놓지 않은
마지막 '삶 전환'일 것이고.

　　오십을 훌쩍 넘긴 지금까지 나는 어떤 쓸모도 제대로
실현시키지 못한 '파치'의 삶을 살아 왔다. 늙음 너머에 다가올
시간은 더 일그러지고, 뭉개지고, 흉할지 모른다. 접히고
주름진 육체뿐만 아니라, 사유조차 과거의 결핍에만 붙들려
내가 지키려던 환대는 미약한 누더기가 되어버릴지 모르지만,
그래도 끝까지 그런 몸이 온전히 지켜지기를 소망한다. 곧
폐기되어 마땅할 파치의 생으로 호명되더라도, 나의 세계가
끝까지 그쪽을 향해 삐죽 비어져 나와 있기를. 끝까지 그런
몸이기를.

접힌 몸

걱정 많던 사람, 혼자 울던 사람

45×45센티미터 쿠션 커버에 동일한 크기의 솜을 집어넣다
보면, 이게 가능할까 싶어지는 때가 온다. 45센티미터
정사각형의 물건을, 똑같은 45센티미터 정사각형 속에
집어넣어야 하는데 뚫린 구멍은 턱없이 작다. 가뜩이나
빵빵하게 부풀어 부피가 커진 솜은 채 반도 들어가지
않았는데, 구멍 가장자리는 뜯어질 듯 실밥까지 드러내고
있다. 죄가 없는 쿠션 커버와 솜을 이리저리 뒤집어 보다가,
무기력해지고 만다. 다른 사람들에게는 다 가능한데 너는
넣지 못하고 있으니 능력 없는 네가 문제라고, 보이지 않는
놀림이라도 당한 기분이다.

　'감정적인 사람', '예민한 사람'이라는 평가가 종종
'비하'로 해석되곤 한다. 기분이 태도가 되지 말아야 한다고

요청하는 문구들은, 길이가 맞지 않는 구멍 속에 몸을
욱여넣고 살라는 강압처럼 억세기만 하다. 타고난 몸에 따라
다르겠지만, 감정은 감각을 지닌 생물의 즉각적 반응이다.
몸이 저절로 느끼고 마는 감정이 문제일 리 없다. 오히려
누구보다 예민하게 감각하고 헤아리도록 요청하는 감정의
선명도는, 당사자의 사유를 풍성하게 끌어올릴 더 큰 가능성
아닐까? 물론 그래서 잘 울고 잘 웃고 쉽게 절망하고 쉽게
오염되기도 하겠지만, 그것이 납작한 감정들이 지닌 얄팍함의
부작용보다 더 크다고 단언할 수 있을까?

나의 '정체성'을 언급하기 위하여 언제나 '인식'을
부각시켜 말해 왔지만, 그 타래 안에는 무수한 감정의 실
가락들이 엉켜있곤 했다. 감정은 내 안에서 일어났지만, 외부
영향을 받은 결과물이기도 했고, 그 영향을 소화하면서 튕겨
나온 반영이기도 했다. 어딘가가 뒤바뀌고 전복된 이미지일
가능성도 섞여 있다. 튕겨 나온 어떤 것을, 이해하려고
노력하고, 지레짐작으로 그 끄트머리를 아무 데나 연결하고,
또 다른 쏟아져 나온 것들에 짓눌리는 걸 보면서, 아닌 척
감정 없음을 가장하기도 했을 것이다.

감정적이지 않을 방법은 간단하다. 감정으로부터 한발
물러나는 법을 학습하고 깨우치면 그뿐이다. 갑작스러운
감정에 휩쓸리고 말았을 때, 로프를 던지듯 학습된 '물러남'을
어디로든 던지고, 사회 곳곳에 마련된 획일화된 질서의
말뚝에 걸리기만 바라면 되는 일이다. 하지만 잃어버린
감정을 스스로 되찾을 방법이 있을까?

접힌 몸

사회와 질서에 복무하기 위해 오랜 시간 노력해 왔다는 의미는, (개인의) '훼손'을 기정 사실로 한다. 누구 탓을 할 이유도 없다. 필요해서 그랬고, 그게 정답인 줄 알고 그랬고, 그걸 정답이라고 들이밀었던 사회라서 그랬고, 나도 그래야 하는 줄 알아서 그랬을 뿐이다.

도구적 쓸모를 다한 시기가 다가오면, 인간은 다시 개인으로 돌아가야 한다. 한 사람이 사회로 나아가는 방법은 집요하게 세뇌시켜 왔으면서, 그가 개인으로 돌아가는 방법에 우리 사회와 지난 시절의 시스템은 관심조차 없다. 사회적 쓸모가 개인의 쓸모와 온전히 일치하지 않는 것임을 이제야 슬쩍 꺼내 놓을 뿐, 제거되듯 떨어져 나온 개인은 길을 잃는다.

억눌렀던 감정은 온몸의 구멍을 통해 줄줄 쏟아져 나오고 '이성'과 '합리'의 젓가락 두 짝으로 제 감정을 길어 올리려 하지만, 애초부터 그건 불가능한 임무. 사회적 의미망에서 탈락한 개인이 고립되지 않을 방법이란 게 있을까? 탈락한 사람들끼리 젓가락을 들고 모여봐야, 젓가락 길이만 자랑하다가 다시 각자의 고립 속으로 되돌아가야 하는 어리석은 반복일 뿐.

좁아터진 구멍에 스스로를 욱여넣고 살아남은 시절을 평가 절하할 필요도 없다. '(개인으로) 되돌아왔다는 것'만이 의미 있을 뿐, 살아남아 여기까지 왔으니 이제 여기 이 순간의 책무를 재발견하기 위해, 훼손되었던 것들을 끄집어내야 한다. '사회적 인간'이 되려고 유폐시켰던 나의 일부를 확인하기 위해, 가장 낯설고 생소한 용기가 필요해지고 마는

혼란 기쁨

그런 때.

　　나는 참 걱정 많은 사람이다. 사회의 기준으로 보자면 '사회화'가 덜 된 사람이 바로 '나'겠지만, 사회가 나에게 보여준 확신도 황폐했고 폭력적이었다. 그 속에서 살아남기 위해, 나는 내가 가진 온갖 더듬이를 밀어 올려 예민하게 주변을 살펴야 했고, 덕분에 몇 차례 위기를 이겨내기도 했고, 쓸데없이 위기를 자초하기도 했다. 그래도 여전히 걱정 많은 나를 폄하하지 않는 삶을 살려고 노력 중이다. 보호자도 많지 않고, 대피소도 많지 않은 현실에, 걱정은 여전히 쓸모를 발휘하는 셈이니 말이다. 헐떡거리면서 사라져 가는 시간을 구경하며, 이제 반 발짝쯤 물러나 보자고 자주 되뇌긴 한다.

　　살아 보니 걱정했던 것들은 많은 부분 저절로 해결되더라고 SNS 쇼츠의 백인 노인은 충고하던데, 그 순간 나는 내 생에 저절로 해결되었던 것이 무엇이었나 아득해지고 말았다. 온 힘을 다해 움켜쥐지 않았다면, 이 생은 가능했을까? 꿈이나 미래는커녕, 악담과 절망, 실패와 좌절을 불어 넣었던 이 사회의 단언들이, 진정 내버려두면 저절로 해결될 것들이었을까? 나는 온전히 살아남았을까? 내 감정은 그 잔혹한 훼손을 견딜 수 있었을까? 이토록 무감한 몸들이 점령해 폭력을 남용하며 씩씩해지는 '정상' 사회 속에서?

　　나이가 들면서 느끼는 가장 큰 위로는 감정이나 감각이란 것 역시 유전자의 일부라는 사실이다. 성별이나 몸처럼, 사랑이나 욕망처럼, 본능이라고 믿었던 감정 역시 호르몬에 깊이 뿌리를 둔다는 걸 깨닫고 만다.

접힌 몸

하지만 유전자는 정답이 아니고, 환경의 영향 아래 변형되고, 다가오는 시간의 거울에 비추며 감정이라는 이미지는 언제든 역전되고 전복될 것이다. 달라졌다고 생각하는 건 고작 믿음일 뿐, 어쩌면 나는 여전히 그때 그 몸, 감정이 열심히 생기를 실어 나르는 그런 몸. 시간을 지나왔으니 어쨌거나 변화되고 무참히 훼손되었구나, 어딘지 폐허를 닮아버린 감정의 몸.

요즘은 물건을 고르며 과연 평생 쓸 수 있는 물건일까 가늠하게 된다. 평생이라고 해봐야 이제 나에게는 20년 혹은 30년이 남았을 뿐이다. 끝을 어느 정도 가늠할 수 있는 현재는, 꽤나 큰 힘이 되곤 한다. 생의 의미가 어느 때보다 쉽게 완성될 수 있으리란 확신도 슬그머니 고개를 든다. 그때는 도대체 왜 그랬을까, 기울어진 감정들을 향한 내 것 아닌 현명함까지도 불현듯 떠오른다.

이제 나는 45×45 쿠션 커버에 솜을 집어넣는 법을 안다. 그 구멍이 45센티미터로 벌어지지 않아도, 턱없이 좁은 구멍이더라도, 충분히 들어가고도 남는 45×45의 마음을 안다. 충분하다 못해, 넉넉히 들어가고, 신기하게도 헐렁하게 남아버리기까지 하는 마술 같은 그 공간을, 요즘 나는 분명히 내 눈으로 확인한다. 온몸으로, 겨우 이것뿐인 내 남은 몸으로도, 충분히 감지할 수 있다.

희망이 없어도 죽지 않겠다

'희망이 없으면 죽은 거나 다름없다'는 말에 나는 동의하지
않는다. '나'의 희망을 톺아보지 않은 채 희망 유무를 죽음과
직결할 때, 우리는 자신도 모르는 자해 행위를 저지르고 마는
셈이다. 당신의 희망은 무엇인가, 나의 희망은 또 무엇이었나?
그건 오롯이 나를 위한 희망이었고, 내 삶을 위한 의미였나?
혹시 양육자로부터 재빠르게 이식된 희망은 아닌가?
시스템이 학습시킨 '성공' 혹은 '부유함'의 희망은 또 아닌가?
　　근사한 삶이란 왜 아득히 먼 데에만 실재하며, 내
곁에는 그 낙차를 감당하지 못할 만큼 찌꺼기 같은
삶뿐인가? '근사하다'와 '추락하다'의 의미는 어떤 방식으로
규정되었으며, 낙차를 셈하는 도구 역시 사회적으로 주입된
'욕망의 저울'은 아닌가?

접힌 몸

아직 끝나지 않았다. 만족감은, 희망의 만족감인가? 사회에 인정 받아야 가능한 만족감이었다면, 오롯이 개인으로 돌아가야 할 삶의 종장(終章)까지 생을 견인할 수 있는 희망인가? 그렇지 못한 희망을, 희망이라고 불러도 괜찮은가?

언젠가 '희망'을 말해 달라는 요청에, 오히려 그 희망을 재고해 보라고 권유하던 때가 있었다. 실낱같은 희망을 찾아 헤맸던 그들은 당혹스러웠을 것이고, 희망을 보여줄 수 없는 나는 참혹해하는 수밖에 없었다.

아니다, 미안하지 않다. 희망을 건네지 못했던 그들에게 사과할 마음도 없다. 그 당시 내가 온 힘을 다해 시도했던 것은, '희망 없음'으로부터 '희망 모름'으로 가기 위한 아주 미약한 첫 발짝이었을 뿐, 나는 온전한 희망으로 조금도 나아가 본 적 없으니 그랬다.

나는 여전히 희망을 알 수 없다. 통장 잔고, 자산 가치, 사회적 지위 따위로 희망의 낱알을 헤아릴 수 없으니, 처음부터 그러려고 하지도 않았으니, 내 희망은 아직까지도 '없다'에 가깝다. 타고난 몸 상태가 일부 변경되고, 사회적 기록 또한 수정되면서 가졌던 예감이나 예측은 희망의 일부였을까? 그때 그 상상이 희망이었다면, 내 희망은 이루어졌지만 그 희망이 가져온 것들은 여전히 '모른다'에 가깝다고 말해야 한다.

희망을 확신하지 못했기에, 아직까지도 모른다고 말할 수밖에 없는 생이기에, 나에게 희망을 말할 자격이 없는 걸까? 어떤 몸을 가진 인간이든 생래적 사회적 불평등으로부터 기인한 결핍은 피할 수 없는데, 희망의 요청은 전단처럼 무책임하게 날마다 우리에게 와 꽂히고, 그 태만하고 알량한 희망이라도 허겁지겁 받아들여야 하는 걸까? 희망이 없어서? 자격이 없어서? 무릎 꿇고 두 손을 모으면 희망이 쏟아져 내리는데, 빳빳이 고개 들고 눈 부라리고 있는 방만한 꼴에 희망은 가당치 않은 오만불손한 몸이라서?

희망 가진 인간은, 희망 없는 인간보다 어쨌거나 힘이 세다. 제 희망이 뭔지도 모르고, 희망이 어떤 결과를 가져올지, 희망으로 무얼 생산하고, 누구를 위해 왜 그래야 하는 건지 알 수 없는 채로, 그래도 '희망이 있다'고 외칠 수 있는 '미친 자'에게 더 큰 에너지가 있다는 역설을, 나는 지난 생을 통해 목격해 왔고 실감해 왔다.

그런 에너지를 품은 몸들이 특정한 날, 특정한 시간에 모여, 특정한 문장들을 반복하면, 희망은 나날이 부풀어 오르고, 서로 희망이 닮았으니, 너와 나의 희망을 향해 물을 주고, 기르고, 양육하고, 그러니 쑥쑥 자라올라 불알 같은 희망이 주렁주렁 열리니, 다음 세대에도 똑같은 희망을 더 높이 쌓아 올려 찍어내듯 머리 위에 열리게 하고, 그 희망의 씨앗을 받아 곳곳에 퍼뜨리니 다시 희망이 되고, 희망을 열심히 먹고 오직 단 한 가지 몸을 지닌 그 희망을 하늘 끝까지 자라게 해, 온 세상이 희망 가득한 희망이 되는, 그런 불가사리?

그렇다면 희망은 인간이 발명한 전세계적 담합인가? 서로 다른 희망이 공존하지 못한다면, 그 희망은 답답한

접힌 몸

목숨 몇을 구하더라도, 승리자 혹은 권력자의 담합일 뿐이다. 나와는 다른 누군가의 희망을 위해 충분히 숙고하고, 고민하고, 기꺼이 내 것의 일부를 내어주지 못한다면, 공유할 수 없다면, 그 희망은 책임을 모면하기 힘들다. 그래도 괜찮다고? 그걸 사유하지 않는 인간 사회는, '담합'이라고 하지 않고 '폭력'이라고 한다. 위계(位階)와 위계(僞計)에 의한 폭력.

순례하는 마음으로 우리의 '희망'을 점검해야 한다. 설령 희망이 개인을 하늘 높이 쏘아 올려 그 열매가 다다랗더라도, 어쩌면 담합의 일부이거나, 폭력의 일부이거나, 착취의 일부였을 희망을, 겸허하게 한 장씩 들춰 보아야 한다.

희망이야말로 가장 잔인하게 인간을 훼손했는지 모른다. 끝까지 희망을 지켜낸 채 죽어간 그들도, 끝내 어떤 희망도 제대로 실현하지 못한 채 원통해하며 죽어간 그들조차도, 희망으로 훼손되었다.

그렇다면 희망은 무엇이어야 하는가? 인간의 희망은 어디에 가 닿고, 또 어떤 힘으로 작동해 개인으로부터 의미를 얻고 공동체를 살릴 에너지가 될 수 있을까? 어쩌면 우린 답을 찾을 것이 아니라, 질문부터 다시 시작해야 하는지 모른다. 희망은 영혼으로부터 왔다고 믿지만, 실은 몸이 있기에 가능하지 않을까? 몸의 정의가 틀렸기에 희망은 왜곡되고, 몸을 향한 훼손된 사유가 희망을 위축시켰던 건 아니었을까? 다종의 가능성을 인지하는 힘, 희망 바깥으로까지 뻗어갈 수

혼란 기쁨

있는 사유가, 희망의 다음 장(章) 아닐까?

나에게는 희망이 없다. 나는 아직 희망을 모른다. 그러나 희망을 모르는 자로서 희망을 적어보려 한다. '가족'이나 '몸'에 붙들리지 않은 삶이니, 좀 더 광범위한 평화를 희망한다. 널리 곳곳에 가 닿는 안정을 희망한다. 도무지 꿈쩍하지 않는 고착된 희망을 의심하고 두려워하며, 그 의구심이 바로 '끝까지 살아낼' 나에게 주어진 단 하나의 희망이 아닐까 짐작한다.

실재할 리 없는 희망을 떠올리며 내 총체적 몸은 슬며시 미소 짓는 중이다. 나에게는 희망이 없고, 그 희망의 몸을 여전히 알 수 없는데도.

나를 위한 처방전

맨 처음, 여성 호르몬제를 사기 위해 약국에 들어서던 순간을 선명히 기억한다. 나는 여성 호르몬제를 달라고 했고, 약사는 누가 투약할 거냐고 물었고, 나는 나를 위한 약이라고 대답했다. 생물학적 남성으로 보이던 흰색 가운을 입은 그 사람은, 잠시 망설이더니 그렇다면 판매는 불가능하다고 대답했다.

약국에 들어서기까지 곱씹고 또 곱씹은 생각들과, 수년에 걸쳐 모든 사유의 힘을 동원해 저울질했던 생의 무게와, '살고 싶다'는 너무도 생생해 간결한 언어들이 머릿속에 뒤엉켜, 나는 어떤 말도 꺼낼 수 없었다. 그래도 의미 있는 말이라도 하고 싶어, 입을 꽉 다물었다. 너무도 간절히 말을 토하고 싶었는데, 그러면 그럴수록 아무 말도 할 수 없었다.

혼란 기쁨

약사는 나의 침묵을 간단히 해석했는지, 남성 호르몬제는 줄 수 있다고 대답했다. 그가 그 순간 나의 성별을 확신한 근거는 무얼까? 여성 호르몬제가 필요한 사람에게 남성 호르몬제를 권하는 태도가 당사자에게 끔찍한 폭력으로 받아들여질 수 있다는 걸 그는 잠깐이라도 고려했을까?

아니다, 나는 지금 최대한 공정한 사유로 기록하려 노력 중이다. 그때 의사가 제시한 남성 호르몬제를 복용해 나는 내 인식의 방식에 어느 정도 변형을 가져올 수 있었을지도 모른다. 그렇다면, 갑자기 남성 호르몬 수치가 치솟은 나는 순식간에 성별을 남성으로 인식했을까?

그게 가능하다면, 앨런 튜링(Alan Turing, 1912-1954)은 동성애자라는 사실이 발각되어 영국 법원에서 화학적 거세를 선고 받고 여성 호르몬 치료를 받다가 왜 끝내 자살을 택할 수밖에 없었던 걸까? 호르몬은 왜 그의 성별 정체성을 변화시키지 못하고, 오히려 그를 죽이는 역할을 하고 만 걸까? 남성 호르몬제가 나에게 '치료'가 될 것이란 판단은, 단지 의료인으로서 개인적 믿음에 불과한 걸까?

자신이 동성애자인지 트랜스젠더인지 그 경계를 확인하기 어렵다고 토로하는 퀴어들을 꽤 자주 만난다. 어렸을 때 한 번쯤 자신도 트랜스젠더가 아닐까 의심하지 않았던 동성애자가 몇이나 될까? (사랑의 대상이든 정체성이든) 성별을 둘러싼 혼란이, 욕망으로부터 자란 열매인지, 그 욕망을 키워낸 뿌리인지 이해하는 일은 난해하고도 복잡하다.

접힌 몸

당사자의 혼란뿐 아니라, 외부의 시선 역시 난해하기는
마찬가지다. 가족이나 부모 시선으로 퀴어 당사자는 자주
'그럴 리 없는 아이', '상상조차 하지 못했던 일'로 단언되기
일쑤다. 그들이 생각하는 '치유'의 개념은 간단히 '원래대로'
되돌아가는 것에 불과하다. 그러나 '원래대로'의 시간은
그들의 차원일 뿐이다. 그들이 마음대로 규정한 특정 몸,
특정 사랑, 특정 가족의 자리일 뿐, 그 속에서 허우적거렸을
당사자를 충분히 고려하지 않는 말이다.

그들의 몰이해를 나는 어느 정도 이해한다. 우리는
특정한 관계에 묶였을 뿐 개별자이며, 타인이고, 당사자가
아닌 이상 '오인하는 자'일 뿐이다. 자주 본 사이, 함께 이불을
덮고 잔 사이, 유전자의 많은 부분을 공유한 사이 따위는, 어떤
것도 설명하지 못한다. 오히려 더 복잡하게 '오인'할 뿐이다.

외과 치료는 목표가 명확해서 오히려 트랜스젠더
당사자가 숙고해야 할 측면이 있다. 아마도 그래서 성 확정
치료를 시작하기 전 2년이라는 유예 기간을 두는지 모른다.
퀴어 커뮤니티 내에서 2년이란 유예 기간의 필요성에
의구심이 적지 않다는 걸 알지만, 나는 유예 기간에 찬성하는
쪽이다.

다급한 마음이 결과를 망치지 않을 가능성은 희박하다.
'성별'이나 욕망과 관련한 개인의 인식 혹은 판단은
필연적으로 한계를 내포한다. 확신은 칼날 위에 서 있고,
그 칼은 언제든 방향을 바꿔 나를 향할지 모른다. '그래도
상관없다'는 각오가 정당성을 확인한 듯 보이지만, 절대

'아니다.' 그건 여전히 욕망의 일부일 것이다. 낭떠러지에 매달린 누군가가 살기 위해 어떤 몸이든 짓밟고 일어서려 할 수밖에 없는 것처럼 말이다. 바로 그 몸이, 제 몸과 제 살인 줄도 모르고서. 그러니 성별이니, 사랑이니 하는 의미망에서 멀리 물러나 스스로의 삶을 총체적으로 조망하는 시간이 필요하다.

치료는 원래 상태로 돌아가는 완벽한 재생이 아니라, 온전해질 수 없는 상태를 최대한 객관적으로 인지해 그 자체의 통합적 가치를 최대치로 이룩하고 승인하는 과정인지도 모른다. 누군가에게 효과가 있었으니 나 또한 그 과정을 따르리라 확신하는 것은 자기 최면일 뿐, 나는 나만의 새로운 회복 과정을 만나고 이해해야 한다.

'다르지 않다'고 믿고 싶은 마음은 동질감이 가장 큰 위로라고 세뇌한 사회적 학습의 결과일 뿐, 우리는 자신의 욕망조차 제대로 들여다볼 줄 모르는 채다. 그러니 적확하게 발화하지 못하고 혼란스럽다. P라서 그래요, F라서 그래요, 간단히 자신을 합리화하려 들지만, 그건 의도된 질서를 유지하기 위한 세뇌일 뿐, 스스로의 총체적 몸을 이해하는 데 어떤 힌트도 제공하지 못한다. 오히려 더욱 복잡하게 오인(誤認)할 뿐인지도 모른다.

유실된 총체적 몸의 일부는, 오직 생식기에 붙들린 스스로의 욕망과 정체성이 무뎌지는 순간 부유하듯 떠오르는데, 그때 그 몸의 정체를 파악할 수 없어 우리는 무기력해진다. 극복하거나 회복했다고 '전시하는' 삶은,

날마다 폭죽처럼 눈부시게 쏘아 올려지지만, 생의 물 밑에서 그는 혼신을 다해 발버둥 치고 있을 것이다. 그러다가 기운이 다하고, 생식기나 성별에 붙들린 편협한 몸이 쇠약해지고 나면, 금세 또 좌절하고 무기력해지는 건 마찬가지.

유사한 유전적 형질을 가진 쌍둥이조차 완벽히 똑같은 몸은 없다고 하니, 총체적 몸의 의미는 당연히 동일성에 있지 않고, 차이에 있는 것 아닐까? 그렇다면 우리의 회복 또한 동일한 것일 리 없지 않은가? 외부에서 주입된 극복이라는 단어는 무엇이든 부당하며, 내가 발견한 내 몸의 극복, 총체적 의미의 회복만이 내 것임이 틀림없다.

나는 테스토스테론이나 에스트로겐 따위, 정상 범위 어쩌고 하는 수준의 바깥에서 머물러도 조금도 문제없는 삶을 내 몸으로 인지하고 있다. 오히려 호르몬 따위에 이끌리지 않는 고요한 힘은 나를 더 멀리까지 안내하고 내 사유를 더 차근차근 엮어가고 있지 않은가 나날이 깨우친다.

나는 내 몸의 속도와 탄력을 정확히 인지한다. 이런 전환된 인식이야말로 인간에게 필요한 생애 전부를 아우르는 통합적 정체성의 의미인 건 아닐까. 비대한 자아의 힘마저 남은 생을 위해 꽤나 쓸모 있을 거라고 멋대로 믿을 뿐이다. 나는 유전자의 힘으로부터 비로소 가장 멀리 벗어난 지금이, 어쩌면 생애 최대치의 회복에 가깝지 않을까 설레며 쓴다. '회복'이란 두 글자를 비로소 선명하게 쓴다.

다종의 한계와 사회적 요청을 극복하지 못했으니 '실패'라거나 '끝'이라는 규정은, 모두 틀렸다. 오류로 가득한 그 규정에 좌절하거나 절망할 필요도 없다. 서로 다른 의미의 온전함으로, 강요된 극복을 거부한 채, 자신만의 건강을 찾아 회복한 삶들을 우리는 잘 알고 있다. 온전함이란 별처럼 서로 다른 밝기로 반짝거리며, 계속 그 생을 살아낼 것이다. 보이지 않아도, 제 빛으로 빛날 것이다.

접힌 몸

갑자기 인터넷이 끊기고
전자 제품이 먹통 되어도

갑자기 인터넷이 끊기고 전자 제품이 먹통 되면, 무얼 할 수 있을까 상상한다. 재난은 '내일' 오지 않는다. '오늘' 온다. 지금 당장 우리 일상을 두 동강 내 그 사이로 끼어든다.

먼저, 갑작스러운 고요가 기이하게 느껴질 것이다. 글을 쓰는 사람이니, 나는 그 고요를 문장으로 기록하고 싶어질 것이다. 내가 사는 곳은 아파트 14층. 일단 발코니 문을 연다. 나처럼 창문을 연 누군가와 눈이 마주치고, 우린 서로를 모르는 체할 것이다.

사방이 고요하다는 걸 알게 되었을 때, 나는 문명이 심어준 불안한 기시감을 떠올리며 멀리 보이는 산자락 너머를 관찰할 것이다. 멀지 않은 곳에는 영구 정지 처분이 내려진 고리 1호기, 월성1호기, 여전히 가동 중인 고리 2, 3호기….

혹시 연기가 피어 오르지 않을까, 사이렌 소리가 들리지 않나? 눈을 크게 뜨고 귀를 활짝 열지만, 여전히 무거운 고요가 계속될 때, 나는 아마도 한기를 느끼며 문을 닫고 그 문 앞에 꽤나 오래 서 있을 것이다.

고요는 끝이 아니다, 나는 아직 살아 있다. 기이한 고요로 뒤덮인 세계를 응시하며, 나의 생은 아직도 거기에.

'진짜'라고 확신했던 것들을 꺼내어 헤아리다 보면, 뭐 이런 걸 '진짜'라고 애면글면했나 헛헛하게 웃고 말 때가 있다. 변한 건 나인가, 나 때문에 내가 지키려던 그것의 진위가 변하고 만 것인가? 내 탓을 하고 잘못을 인정하고, 잘해봐야 시간 탓을 한다.

처음부터 진짜가 아니었음을 도저히 용납하지 못한다. 인정해 버리면 그것에 매달려 산 온 생이 망가져 버리고 말 것 같은 위태로움 때문이다. 어차피 진짜가 아니었으니 그 간절함도 기껏해야 자기 위안이거나 자기기만.

한낱 위안이거나 기만인 그것이 생을 통째로 망가뜨려 버릴 리 없다. '진짜'가 아니라는 걸 알게 된 '오늘', 그 하루를 놓지 않겠다는 의지면 족하다. 후회나 자책하는 나 말고, 툭툭 털고 일어서는 나를 가장 먼저 지키겠다는 바로 그 의지 말이다.

'진심'도 마찬가지다. 살아오면서 '진심'이라는 말을 얼마나 남발하고 살았던 걸까 헤아리면, 삽시간에 온몸이 뜨거워져 두리번두리번 훅훅 심호흡하고 땀을 훔치고 허허 온몸에 힘이 빠진다.

접힌 몸

'진심'이라고 말하는 순간, 우리는 자신에게 속아 넘어간다. 내 인식은 내가 뱉은 말에 묶이고, 유전자는 세로토닌의 노를 저어 도파민의 주머니 속에 확신의 알맹이를 실어 나른다. 생식만을 목표로 가동되던 세포들이 아드레날린의 힘을 얻어 일회용 '진심'을 떠받치고, 몸에 녹아드는 호르몬은 욕망을 남발한다.

'진심' 때문이다. 그때 모든 몸을 내맡겨버렸던 진심 탓에. 그 진심을 담겠다고 주머니를 짓느라 온 생을 다 허비해 놓고서, 내 주머니가 제일 크니 생이 참으로 풍요로웠다고 자위하면서.

복잡하게 생각해 버릇하면 우울증 걸린다고 우리 사회는 간략하게 살기를 요청한다. 사회 시스템의 존속과 유지에 유리하기 때문이다. 심각하게, 진지하게, 복잡하게 생각하는 삶은 가시적인 쓸모를 증명할 수 없기 때문에. 그러나 인간은 타고나길 복잡한 생물 아닐까? 감정과 인식의 의미망은 서로 다른 방향으로 뒤엉킨 상태고, 그걸 풀 끄트머리를 잡기 위해 그물 속으로 무수히 투신해야 하는 존재다. 중2병이라거나, 우울증이라거나, 갱년기라거나, 사랑이라거나, 그 모든 투신할 수밖에 없는 존재의 실감을, 우리 사회는 보편적이고 가볍게 치부할 수 있는 이름으로 푯말 붙여 놓았지만, 끝내 우리는 다시 그물 앞에 선다.

사회는 효용만을 위한 목표를 갱신하고, 갱신된 목표를 향해 간략하게 사유하는 방식만을 승인한다. 그 결과가 시스템 내에서 유효한 가치를 지닌 실체로 구체화되면, 그

혼란 기쁨

보상으로 행복을 사고, 소중한 사람들의 행복을 사고, 행복한
얼굴을 보며 나도 행복해지고 나면, 오직 그러한 방식만이
유일하다고 우린 착각한다.

어느 날 삶이 밀물처럼 밀려오고, 나를 붙들었던 행복한
얼굴들, 행복한 물건들, 행복의 기억들이 하나둘 그 빛을
잃어버리고 나면, 내 진심이 내 것이 아니었다는 걸 깨우치고
나면, 휘청거리지 않을 도리가 없다.

진심을 두 손 가득 들고서, 진심이 아니란 걸 알게 된
자의 마음은, 재난이 아닐 수 없다. 어떤 것도 의미가 없어,
무기력해지고 다리에 힘이 풀려 창문을 붙들고서 멍하니 밖을
보는 것밖에는. 영구 정지가 확정된 고리 1호기, 월성 1호기,
그보다 더 엄청난 힘으로 초토화되고 만, 영구 정지된 것만
같은 자신의 삶 앞에서.

갖가지 결핍으로 가득했던 내 가난한 어린 시절을
돌아본다. 그때 그 좌절이나 절망 또한 어쩌면 '낭만'의 뒷면은
아니었을까 이따금 소설을 쓰겠다고 억지 상상을 한다.
'낭만'은 현실이 아니다. 실제에서 멀리 나아가기 위해 기꺼이
부풀려진 것이 바로 '낭만'의 몸이다.

현실로부터 길어 올려 부풀린 것이 '낭만'이라면,
내 좌절의 시간 역시 현실에서 출발해 부풀려졌을 테니,
어쩌면 나는 또 다른 방향의 '낭만'을 이미 내 몸으로 기록해
왔던 건지도 모른다. 그래서 더 아파했고, 자기 연민으로
꼴사나웠고, 자학하느라 웅크렸을 것이다. 누구보다
'낭만'적이었기 때문에.

접힌 몸

이제 한 번쯤 내 것이 아니었던 '낭만'의 방향을, 내 쪽으로 옮겨 보고 싶다. 절망의 낭만 말고, 낭만의 낭만을 향해 돌아서고 싶다. 지금쯤은 가능하지 않을까 기이한 박동이 꿈틀댄다. 진심은 아닐 것이다, 나는 오래 전에 진심을 잃어버렸다. 나에게 남은 것은 구멍 난 몸, 실패한 몸, 그래도 여기 내 몸.

이제 발코니 창을 붙들고 서서 창 밖만 바라보는 일은 그만. 도저히 이해할 수 없는 고요를, 난해하기만 한 고독을 받아들여야 한다. 꺼진 냉장고의 물품이 상하기 전에 보냉 팩에 담고, 마실 물을 최대한 확보해 놓고, 충전된 보조 배터리를 모으고, 긴 여행을 떠나야 하는 사람처럼 필요한 것만 남겨야 한다.

아니다, 간단해지는 것은 물건들뿐 내 몸과 마음은 한 올 한 올 사유의 그물을 다시 정비해야 하는 것인지 모른다. 먼지 가득 쌓인 상자 속에 몰아넣고 잊어버렸던, 내 정체를, 내 마음을, 내 복잡함을, 비로소 하나씩 꺼내 사유의 그물 위에 널어놓아야지 싶다.

늙어갈 일만 남은 몸이 도대체 무얼 얻기 위해 때늦은 복잡함 속에 스스로를 몰아 넣어야 하느냐고? 아니, 일각(一刻)이라도 남은 나의 생존을 낭만의 날들로 지켜내기 위해서.

깨달음의 몸으로

'인간은 사회적 동물'이라는 수사는 '사회' 쪽으로 급격히 기울어 있다. 우울증이나 공황장애를 치료하려면 적극적으로 사회적 관계에 나서야 한다고 조언하지만, '사회적'이란 용어가 과도하게 외부로만 우리를 끌어내려는 느낌이 들기도 한다.

그러니까 치료의 목표로서 '사회'를 구성하는 일원으로 되돌아가야 한다는 당위를, 받아들이는 게 맞을까? 어쩐지 쉽게 고개가 끄덕여지지 않는다.

안다. 사람과 사람이 섞여 살 때, 관계할 때, 나와 타자 사이에 이루어지는 갖가지 역동이 고립된 누군가에게 긍정적인 작용을 할 가능성이 높다는 걸. 하지만 직장 생활을 하고, 봉사 활동을 하고, 가족을 만들고, 친구를 만드는 것만으로 한 개인의 고립이 해결될 수 있다는 단언은 너무 태만한 결론이 아닐까?

고립의 이유부터 살펴야 할 것이다. 누군가는 애초에 사회에 진입하지 못해 우울감이나 정신적 스트레스 안에 매몰되지만, 또 누군가는 오히려 사회로부터 도망쳐 나와 스스로 고립되기도 한다. 그런데도 이유가 어쨌든, 뿌리가 어디든, 밖으로 나가 사람들을 만나고, 아르바이트라도 하고, 봉사 활동을 하고, 친구를 만나고, 가족을 만드는 것이 만능의 해결책이라고?

사회는 적극적으로 효율 지상주의를 부추겼다. '사회적으로' 최대치의 결괏값을 얻기 위해, 돌아보지 말고, 사소한 방해물은 무시하고, 복잡하게 생각하지 말고, 목표 지점만을 바라보아야 한다고. 그래야 경쟁에서 승리할 수 있고, '성과'에 가 닿을 수 있다고.

비대면 소통이 일상화된 소셜 네트워킹 시대에, '간략함'은 더더욱 칭송 받는다. 140자 안에 줄이라고 하고, 그래서 결론이 뭐냐고 추궁하고, 진지 빠는 소리 집어치우라고 하고, 그 결말을 내가 안다고 하고, 그래 봐야 선비질 아니냐고 하고, '키배'질이나 하고 앉았으니 그 모양인 거라고, 차별 '덕분에' 휘황찬란했던 시절이 그립다고 한다. 편협함에 빠진 채 소통을 빌미로, 누군가의 140자짜리 '현상' 혹은 '모호함'을 조롱하고 후려친다.

말은 조각나고 '팔로우 취소'로 언제든 삭제될 수 있는데, 번쩍거리는 구독자 숫자에 무비판적으로 권력과 가치를

혼란 기쁨

승인하는 우리 시대 방식은, 고립에서 나아간 게 확실한가? 진정 우리는, 소통하는 중일까? 다른 방식의 소통은 유폐되어 버린, 언제라도 '단전(斷傳)'되어 버릴 가능성을 지닌 비현실의 공간에서.

언제부턴가 소통이라고 통용되는 단어와 문장들을 신뢰하지 않게 되었다. 필요한 것만 취하고 불필요한 건 과감하게 무시해 버리라는 소셜 네트워킹 시대의 조언을 스스로 읊조릴 때, 내가 믿을 수 있는 언어는 오직 '침묵'뿐이다.

깜빡거리는 커서, 채워지지 않는 '무슨 생각을 하고 계신가요?'의 공간, '업로드'만큼이나 '삭제'된 게시물 숫자. 나는 이제 남겨진 기록보다 기억 속으로 사라져 버린 기록이 훨씬 더 내 언어에 가깝지 않나 설득되어 가는 중이다.

요즘은 얼굴을 가진 사람만을, 받아들이려 노력한다. 말하지 않아도 아는 사람, 표정을 아는 사람. 그 얼굴에서 감정을 읽을 수 있는 사람, 몸과 몸으로 아는 사람 말이다.

누군가 적은 문장을 볼 때, 저절로 그 얼굴이 떠오르는 실제 몸을 가진 사람을 곁에 두려고 한다. 어느 날 갑자기 전혀 상상하지 못한 언어들을 배설하듯 쏟아놓고 사라져 버리더라도, 그 사람 얼굴을 알고 있으니, 그 사람이라면 그럴 수도 있지 않을까, 고개를 끄덕일 수 있는 사람들 곁에만 머물려고 한다.

사람 사이 관계에서 필요한 건 '존경(尊敬)'이 아닐까. '존중'은 기본 책무다. 누군가를 향한, 나처럼 숨을 쉬고,

접힌 몸

167

말하고, 얼굴을 가지고, 살아 움직이는 사람을 향한 존중을 넘어 적극적 정동의 마음이 '존경'일 것이다.

대상은 꼭 사람이 아니어도 괜찮다. 살아 숨쉬는 어떤 것, 신기하게도 버티며 살아남은 어떤 것. 곁에서 물끄러미 들여다볼 때, 존재의 힘을 감지하지 않을 수 없을 때, 우리는 자연스레 경외심을 갖게 되니 말이다. 나를 감탄하게 하는 존재들에 둘러싸일 때, 인간의 고립은 조금씩 균열한다. 깨어 나올 가능성을 지닌 '나'가 된다.

바깥이 아닌 안, 나의 내부, 사유의 이면, 내 몸과의 관계 역시 중요할 것이다. 몸과 나는 자연스럽게 하나로 연결된 감각을 갖지만, 또한 다양한 이유로 분리된 것 같은 감각과도 맞닥뜨린다. 그때 몸은 내 것임이 분명하지만, 내 것이 아니기도 하다. 나는 내 몸을 마음대로 할 수 없고, 몸은 나와 한없이 멀어지는 것만 같다. 당황하고 분노하고 허탈하고 눈가가 뜨거워질 때, 교과서처럼 '늙었다'고 말하고 싶어지지만, 그때 그 순간 가장 많이 늙은 것은 그 몸이 아니라, 바로 우리.

부메랑은 밖으로 힘차게 던져야 원을 그리며 돌아오니 그 의미가 밖에 있다고 믿기 쉽지만, 오랜 시간 부메랑의 실존은 서랍 속에 머문다. 견딜 수 없는 고립으로부터 헤쳐 나오려 할 때 무작정 밖으로 나가야 할 것 같지만, 무엇도 던질 힘조차 없다면 끝내 박탈감만 안은 채 꿈의 부메랑을 주머니에 숨기고 돌아와야 한다.

'밖으로 나가야 한다'는 요청은 지극히 사회적 억압일

뿐, 우리는 각자의 서랍 속부터 찾아야 하는지 모른다. 아니 어쩌면, 내 것이라고 평생토록 확신했던 내 몸부터, 나와는 다르게, 다른 속도로 변해 가는 내 몸을 향한 존경으로부터, 나의 고립은 나만의 언어로 번역되어야 하는 것인지도.

그런 생각을 하는 사람이 그런 수술을 했느냐고 또 누군가는 조롱할 테지만, 나는 그 누구보다 곡진한, 내 몸을 향한 사랑을 잘 알고 있다. 그깟 생식기는 내 몸의 일부였고, 총체적 몸의 실존을 위해 나는 그 몸을 포기하는 선택까지 할 수 있었으니, 팔랑거리던 그들은 자신의 몸을 그토록 사랑해 본 적 있을까? 나는 변함없이 차분하고 진심 어린 문장들로 내 총체적 몸을 향한 애착을 어디서든 기록하고 증명할 수 있을 것이다.

아마도 이 문장들 역시 증거가 되지 않을까? 나는 총체적 몸, 실존의 몸을 향한 존경을 끝까지 지켜내기 위해, 지금 이 문장들을 적고 있는지 모른다. 아니, 분명하다. 나는 내 몸을 사랑한다. 여기까지 버텨온 이 몸을 존경한다. 이런 몸도 존경 받을 수 있다고 믿으니, 당신의 치열한 몸들은 더더욱 그럴 수 있을 것이라고 나는 확신한다.

나이 서른 시절, 그때의 선택 덕분에 내 총체적 몸은 더 생생하게 나와 조응하며 내 삶을 살았다. 그래서 조금 더 나은 몸이 되었으니, 나는 그들의 '몸 이해' 혹은 '몸 사랑'에 관한 140자짜리 질문들 역시 부메랑처럼 그들에게로 정확하게 되돌아갈 수 있기를 바란다.

진지 빠는 건 힙하지 않다거나, 유리멘탈이 아니기

접힌 몸

때문에 그런 생각하지 않는다거나, '대문자 T'이기 때문에
쓸데없는 생각에 사로잡히지 않는다고 회피하지 말고, 겨우
'좋아요' 따위에 집착해 힙하려고 애쓴 가면 쓴 문장들 말고,
홀로 남은 자리에 스스로를 향해 기꺼이 '리스펙'할 만한
당신의 답을 찾기를.

'그늘'이라는 이름의 빛

이해가 필요했던 사람이 먼저 지친다. 말을 잃은 사람이 먼저 주저앉는다. 밤낮으로 빛깔을 바꿔 두둥실 떠 있는 하늘 아래 이 몸뚱이 하나조차 피할 데가 없다는 걸 알게 된 이가 먼저 쓰러진다. 나약한 자존감, 글러 먹은 정신 상태, 닳고 닳은 비난들이 신문지 한 장 같은 두께로 현실을 일깨울 때, 코웃음 친 자가 먼저 눈을 감고 만다.

실패인가? 실패지. 어차피 처음부터 실패였던 걸 뭐. 이 거지 같은 몸뚱이, 아무리 난도질해도 끼니를 기억하는 징그럽도록 착실한 몸뚱이. 죽으라고 칼부림하고 싶은데, 그래 놓고 나는 살아남고 싶은데, 이 몸 없이 살 방법이 있을까? 에이, 실패네. 실패지, 결국 그게 나에게 남은 길이지. 변희수는 마지막 용기를 왜 그렇게 써버렸을까? 그의 모든

접힌 몸

용기는 왜 지금까지 샅샅이 실패했다가, 마지막 순간에
실패하지 않게 되어버린 걸까? 하필 마지막으로 완벽히
성공해 버린 그의 실패는.

손톱을 깎는다. 손톱은 피부의 일부라고 하지? 한데 왜
이렇게 다르지? 왜 다른 몸으로 태어나고, 다른 방향으로
자라고, 계속해서 깎여 나가도 잘려 나가도 아프지 않고,
잘리는 줄 모르는 채 계속 자라고만 있지?

손톱을 깎다가 먹어보고 싶어진다. 손톱은 피부, 내 몸도
피부, 내 뱃속도 피부, 그러면 피부는 피부와 만나 화해할까?
소통은 이루어질까, 하나가 될까? 잘린 손톱이 끝까지 버텨
뱃속을 주욱 긁고 나면, 피가 터진 그 자리에는 손톱이
자랄까? 그 상처에 우연히 손톱이 박혔을 때, 피부는 다르게
생긴 그 피부를 이해할까? 어느 쪽이 달라질까, 둘은 누구도
죽이지 않고 공존할 수 있을까?

'긍정하라'는 말이 도처에서 폭죽처럼 성공의 열매를
쏘아 올리며 자랑할 때마다, 나는 참을 수 없이 부정적인
인간이 되고 만다. 순식간에 나를 삼켜버리는 부정적 의지는,
또 한 번 나를 속이기 위한 내 유전자들의 협잡(挾雜)은
아닐까? 거듭 실패하기를 바랐던 어느 고독했던 목숨의
마지막 성공처럼, 집요하게 밀어 올린 실패의 마지막 용기를
위해 마침내 끼워진 첫 단추는 아닐지.

나는 성공하지 않을 것이다. 끝까지 온 힘을 다해 실패해,
내 유전자가 모의한 성공을 피해 갈 것이다. 긍정적인 몸들이
주렁주렁 번쩍거리며 제 행운들을 내걸 때, 그 폭력적인

빛깔에 주눅 들거나 먼저 주저앉지 않을 것이다.

피로는 피로일 뿐, 나는 또 이 게을러진 몸에 밥을 채워 넣어 속이고, 부정적인 힘을 모아 끝까지 내 실패를 지켜낼 것이다. 보잘것없는 실패, 나약한 정신의 실패, 살아남은 실패를.

몸을 긍정하는 것이 곧 몸의 실패를 인정하는 일이란 걸 깨닫는 때가 누구에게나 온다. 마흔이 넘어 달라진 걸 느끼고, 쉰이 넘어 문득 두려움을 알게 되고, 예순이 넘어 의지도 없이 몸이 접힐 때, 내 삶의 의미가 그 몸의 일생은 아니라고 외치고 싶지만, 이미 평생토록 생을 양도했던 몸.

몰랐던 몸의 반쪽을 알게 되는 설렘이라면 좋을 텐데, 남은 건 고집뿐이다. 지금은 도저히 흉내 낼 수조차 없는 그 몸 덕분에 갖게 된 착각이다. 나이가 들었으니 저절로 현명함을 갖게 되리라 믿으려 하지만, 우리는 늙은 몸과 화해할 줄 모르고, 늙은 몸을 발굴할 용기도 잃은 채, 사회의 요청대로 '죽어 간다.'

인정하고 싶지 않겠지만, 우리는 치열하게 몰이해를 응원해 왔다. 목표를 위해서다. 우리의 목표라고 믿었던, 시스템의 목표를 위해서다. 우리의 목표는 시스템의 목표와 일치하는 듯 보이지만, 언제든 쓸모를 넘어 웃자라게 되면 별거 아니라는 듯 잘려나갈 피부. 고통을 느낄 자격도 없이, 우리는 잘려 나간다. 또각, 노년. 또각, 늙은이. 또각, 기초 연금. 또각, 실버타운.

자신에게로 돌아가야 한다는 전언은 조금도 과장이

접힌 몸

아니다. 태초처럼 들판 위에 홀로 선 것 같은 마음이어야 한다는 비유 역시 결코 비약일 수 없다. 그동안 우리를 길들여왔던 모든 관념, 질서, 이해의 방식으로부터 스스로를 분리해야 한다는 숙제는, 미룰 수 없다.

우리는 '여백을 지닌 존재'로 세 번째 탄생 앞에 서야 한다. 육체적 인간으로의 탄생이 첫 번째, 사회적 요청에 의한 탄생이 두 번째라면, 세 번째 탄생은, 사유하는 인간으로의 탄생이어야 할 것이다.

두 번의 탄생으로 성공하거나 실패했던 몸을 재규정하여 지금 나에게 필요한 '쓸모'를 골라내야 할 것이다. 무얼 받아들이고 무얼 버려, 고독할 것이 분명한 세 번째 삶을 풍성하게 만들지. 밀물처럼 다가올 추억으로 자멸하지 않고, 실존을 지켜갈 수 있을지, 새로운 사유를 시작해야 한다. 기존에 유효했던 확신의 외피를 벗은, 알몸의 사유를.

여유로운 어른이 되고 싶은데 잘 안 된다. 자꾸 조급해지고, 옹색해지고 만다. 가진 것과 자격을 무참히 동일시할 때, 내 접힌 몸은 또 한 번 떤다. 나는 경직되었다. 경직된 나를 인정해야 한다. 몸에 스며든 자동적 감정들에 놀아나지 말아야 한다. 성공이나 실패를 뚝 잘라 둘로 나누듯 또 한 번 실존을 동강 내지 말아야 한다.

나는 온전하다. 내 총체적 몸은, 변함없다. 의지를 가진 나에 의해, 매몰되지 않은 덕분에, 유전자와는 꽤나 멀리 떨어진 자리에서, 내 몸의 총체는 여전히 성장하고 있다. 앞으로도 나날이 그럴 것이다. 손톱을 존경하며 쑥쑥 자랄 것이다.

'수컷의 힘은 쓸모가 크다'고 적기

아버지의 흰머리를 처음 보았을 때, 그의 나이 쉰둘이었다.
그리고 나도 이제 꽉 찬 쉰둘을 지나고 있다. 그때 보았던
아버지의 흰 머리칼은, 지금 내 머리에 샘솟듯 자라나는
중이다. 나에게 억울함이 있었듯 그에게 있었을 억울함은
무엇이었을까, 이따금 생각한다. 늙는다는 건 참 이상하기도
하지, 재주도 부릴 줄 모르면서 곰 흉내를 내려는 나와
마주친다. '자식'이라는 이름의 타자로 그때 그 시간과 기억을
일간지에 적은 적이 있는데, 이제 나는 망가져 버린 생을
끌어안은 한 남자, 그 한 몸을 다시 쓰는 중이다.

　　1929년생인 내 아버지가 가장 억울했던 것은, 아마도
전쟁이었을 것이다. 그는 끌려갔을까 아니면 자원
입대했을까? 위세 가문의 귀한 자식이었다면 전선 맨 앞까지

끌려가 죽다 살아날 확률은 낮았을 텐데, 한국 전쟁 참전으로 인해 아버지는 왼쪽 손과 오른쪽 눈을 잃었다. 몸을 잃은 상실감뿐이면 다행이었겠지만, 머릿속에 박힌 총알 파편은 평생토록 그를 병들게 했다.

'뇌전증'이란 공식 병명 말고 '간질'이란 이름이 더 익숙한데, 눈앞에서 버둥거리며 뻣뻣하게 굳어가던 '쓰러진 몸'을 기억한다. 거의 매주 발작할 때면 온몸의 구멍을 통해 밀려 나오는 배설물 냄새도 같이. 발작이 끝나갈 때면 그는 익사 직전까지 물속에 처박혔다가 간신히 숨을 찾은 사람처럼 헉헉거리며 긴 숨을 내뱉었고 그러고 나면 한동안 멍하니 무기력하게 앉아 있곤 했다.

나라를 지켰다는 사실은 그 순간 그에게 위로가 되었을까? 유전자와 세포들의 결핍이 복잡하게 얽혀 전해 내려오는 거라면, 무엇이든 그 바탕을 나는 물려받았을 것이다. 과도하게 복잡한 생각과 비틀리고 뒤엉킨 감정 속에 허우적거리기 쉬운 내 모습은 아버지의 일부이기도 할 텐데, 똥으로 악취로 범벅이 되어버린 제 누운 자리를 내려보는 마음은 어디까지 헤아리고 있었을까? 그는 잃어버린 제 육신과, 거의 매주 죽기 직전까지 자신을 내모는 혼곤한 발작을, 어떻게 헤아리고 받아들였던 걸까?

발작이 끝나면, 그는 숨을 몰아쉬며 막걸리를 찾곤 했다. 소주는 '맛탱가리' 없고, 그래서 당신은 몸에도 좋고 속 든든한 막걸리를 좋아한다고 자랑하곤 했다. 그 순간 막걸리 한 사발은, 폐허가 된 몸으로 생을 이어가야 하는 오십 대 그

접힌 몸

남자를 위해 충분한 위로가 되었을까?

또 하나 그에게 억울했던 건, 아마도 가부장제였을 것이다. 징그러운 그 남자다움 말이다. 닳고 질리도록 듣고 새기고 스스로도 자랑스레 떠벌렸을 '남자라면', '사내새끼가' 따위 말로 시작하는 억압과 세뇌, 그리고 중독들.

내 모친이 살림 살 돈을 요구하고, 타박이든 잔소리든 전할 때, 그 남자는 조금만 감정이 치솟으면 버릇처럼 하나 남은 손을 치켜올렸다. 손 하나 없다고 내가 힘이 없을 줄 아느냐, 이 손 하나로 소도 때려잡을 수 있다는 자랑을, 그는 겁에 질린 여자 앞에서 주워섬기곤 했다.

어디서 말대답을, 어디서 말대꾸를, 남자가 하는 일에 어쩌고 하는 말들이 시작되면, 어린 우리는 곧 눈앞에 밥상이 엎어질 걸 안다. 우리처럼 겁에 질린 '그녀'가 비명 비슷한 소리라도 지르면, 그는 어김없이 소도 때려잡을 그 손을 여자를 향해 휘둘렀다.

아내라는 '소유물'을 관리해야 했던 그 시대 가부장들도 다르지 않았을 것이다. 마누라 하나 어쩌지 못하는 '병신' 소리와 손 없는 제 처지를 자동으로 일치시킨 우리집 가부장은, 말을 듣지 않는 것들은 매가 약이라는 시대정신을 철저히 신봉한 그 비겁한 가부장들은, 집안 단속을 하고, 마누라 단속을 하기 위해, 폭력을 휘두르거나 휘두를 수 있는 스스로를 자랑처럼 여겼다.

"저 새끼, 어제 또 마누라 팼대." 킬킬거리며 막걸리 잔을 돌리는 친구라는 놈도, "마누라 좀 그만 패라."고

이기죽거리던 또 다른 친구 놈도, 모두 공범이었다. 남자가 계집질 한두 번 할 때도 있지, 그러게 여자가 처신을 잘해야 남자가 밖으로 돌지 않고 어쩌고 웅얼거리던 가부장의 가족들도, 모두가 징글징글한 공범이었다.

더 이상 견디지 못한 여자가 그 집에서 탈출했을 때, 남자는 자랑하듯 장롱 속에 칼을 숨겨 놓았다고, '그년'이 돌아오면 찔러 죽이겠다고 떠벌리고 다녔다. 어린 우리들을 술상 앞에 앉혀 놓고, 네 어미가 들어오면 저기서 칼을 꺼내 찔러 죽일 거라며 우리 등 뒤에 굳게 닫힌 장롱을 가리켰다.

왜 아무도 장롱을 꺼내 그 칼을 치워버리려 하지 않았을까? 설마 진짜 그럴까 싶은 믿음이었을까, 자식새끼 버린 년이니 그래도 싸지 싶은 생각이었을까? 영화나 드라마에서 우스갯거리 추억처럼 곱씹어졌던 그때 그 시절의 일상적 폭력들은, 그 희생자들은, 충분히 기록되고 추모되었을까? 모두가 가해자거나 방관자였던 그때 그 시절은.

육십을 훌쩍 넘긴 어느 날, 머리가 하얗게 센 그 남자는, 그제야 너희 어미를 찾아오라고 소리쳐 놓고 밥상 앞에서 울먹거렸다. 눈알이 없는 거죽뿐인 눈에서 눈물이 질질 샜다. 대가리가 큰 내 오라비는 이제 와서 무슨 소리냐고 고함지르며 방문을 걸어찼지만, 나도 내 동생도 더 이상 아무 말도 하지 못했다. 그에게 밥상을 뒤집어엎을 힘은 더 이상 남아 있지 않았고, 우린 그 앞에서 꾸역꾸역 생존의 밥알을 씹어 넘겼다.

접힌 몸

나는 그때 그 눈물이, 분명히 후회였다고 기억한다.
아버지가 돌아가신 후에야 만난 내 모친은, 또 다른
가부장에게 폭력을 당하다 쫓겨났고, 이후에도 또 다른
가부장에 의해 폭력적으로 시달리다가 칠십을 넘겨서야 겨우
35킬로그램의 몸으로 살아남아, 자유를 얻었다.

존경 받아 마땅할 '엄한 아버지'들 뒤에서 벌벌 떨며
마음 졸이던 몸들을 기억하는가? 여자 혼자 몸으로는 도저히
어디서도 살아낼 수 없는 '휘황찬란하게 발전 중인 살기 좋은
사회'여서, 마지못해 어느 가부장 아래로든 몸을 밀어 넣어야
했던 그 몸들을, 알량하게나마 우리는 제대로 이해하고
있는가?

시대가 달라졌다고? 아직도 도처에서 제 절망을
이겨내지 못해 가족을 살해하고 자살하는 가부장들을
심심찮게 목격한다. 헤어진 여자 친구를 무참히 살해하는
남자들 뉴스는 속보에도 끼지 못할 정도로 빈번하게
반복된다. 평등은커녕 존중이나 이해조차 제대로 새겨본 적
없는 몸들이, 평등해졌으니 덤벼보라고 여자들을 상대로
폭력을 휘두르고서, '페미 박멸' 인증 글을 올리고 어깨를
세운다.

근육 키우기에 몰두하는 어느 김 씨 연예인이 했던 말
한마디가 유독 기억에 남는다. 정상 범위를 훌쩍 넘긴 남성
호르몬 수치를 언급하며 의사가 주의를 당부하자 그는 단박에
대답했다. 그래서 술을 마시지 않고, 되도록 술자리에도 가지
않으려 한다고. 이성을 잃기 쉬운 몸이라는 걸 잘 알기 때문에,

혼란 기쁨

항상 조심하고 염려하는 마음을 몸에 새기며 살려고 노력
중이라고, 그는 어느 때보다 확실한 어조로 또박또박 말했다.

나는 그 순간, 저 사람이야말로 진정으로 이 사회에
필요한 '남성'이 아닐까 그랬다. 제 몸의 한계를 이해하고
받아들이면서, 동시에 몸의 가능성이나 경계까지 주체적으로
통제하고자 하는 의지야말로, 참으로 '인간적'인 것 아닌가?
지극히 가볍게만 보았던 그의 면모를 다시 돌아보게 되는
순간이었다.

수컷의 힘은 테스토스테론만의 것이 아니다. 오히려
테스토스테론의 힘을 스스로 막아설 때, 그 바깥에서 더 큰
쓸모를 찾을 때, 힘을 발휘한다. 책임감은 테스토스테론처럼
수치로 오르내리는 연약함이 아니며, 기억하고 학습하고
수행하면서 끝없이 커지는 근육이다. 책임의 근육이란 늙지
않고 끝까지 크기를 키워 당신의 자존감을 지켜 갈 테니,
스스로 비겁하거나 비굴하지 않도록 약자들을 위해 그 힘을
쓰길.

노는 몸을 찾아서

소도시 아파트 생활자로서, 나 역시 층간 소음으로 고생한 적이 있다. 나는 낮에 글을 쓰는 사람이다. 해가 떨어지면 쓰지 못하고, 대여섯 시간 몰입해 집필을 끝내고 나면 나머지 시간은 푹 쉬어야 다음 날 집필을 이어갈 수 있는 허약한 몸이다.

글을 쓰는 동안에는 가사 없는 음악을 크게 틀어 불특정한 소음을 최대한 줄인 채 일정한 분위기를 유지하려 애쓴다. 작업실 같은 건 꿈도 꾸지 못했던 시절, 카페에서 글을 쓰며 외부 소리에 영향을 덜 받기 위한 방식이었다.

헌데 이 아파트에 이사 온 뒤, 머리 위에서 들려오는 진동 소음은 아무리 음악을 크게 틀어도 막아낼 수 없었다. 몇 번 찾아가 부탁하고 이해를 구했지만, 맞벌이 부부와 아이들의 생활 방식은, 내가 어쩔 수 없는 부분이었다.

집중하는 도중에 들려오는 진동 소음은 단박에 생각을
흐트러뜨렸다. 한 번 쪼개진 집중은 쉽게 다시 이어 붙일
수 없었고, 쓰나 마나 한 문장을 썼다 지웠다, 문을 열었다
말았다, 그때 나는 '쓸 사람'이 아니라, '몹쓸 사람'인
기분이었다.

우연히 엘리베이터 안에서 그 집 두 아이와 마주쳤다.
엄마도 함께였다. 면식이 있으니 인사를 하고, 아이들을
향해 나는 아랫집에 산다고 웃으며 말해주었고, 다 들린다고,
학교에서 집에 돌아와 뭐 하는지 아래에서 다 들린다고
장난치듯 말했다. 엄마는 겸연쩍어했고, 아이들은 그 또래
남자아이들이 그렇듯 뚱하기만 했다.

소설에 적고 싶을 만한 감격적인 해피엔딩이거나, 마음
따스하게 하는 반전이 생기기를 바랐지만, 그날 잠깐 소음이
잦아들었을 뿐, 다음 날도, 그 다음 날도 영락없이 똑같은
소음이 머리 위에 쏟아졌다. 가난한 예술가들에겐 견디고
이겨내야 할 것들이 참 많기도 하지. 정말 밥상 크기만 한
작업실이라도 알아봐야 하나, 그 돈은 어디서 충당하나, 숫자
몇 개를 집어 올리다가 이내 포기했다.

해결은 기이한 방식으로 이루어졌다. 통제해야 할 것은
두 남자아이도 아니었고, 엄마도 아니었으며, 내 가난도,
작업실도 아니었다. '통제' 그 자체였다. '통제해야 한다'는 그
마음부터.

소음은 한 달여 동안은 집요하게 계속되다가, 조금씩

접힌 몸

잦아들기 시작했다. 실제 소음이 잦아들었는지, 그 소음에 익숙해진 건지, 문득문득 까맣게 잊고 있는 나를 발견하고서 천장을 올려보곤 했다. 소음은 그 순간 쏟아지듯 들려왔다.

바라보지 않을 때는 (중첩된 상태로) 거기에 없다가, 바라보는 순간 눈앞에 나타나는 슈뢰딩거의 고양이처럼, 소음은 신기하게도 사라졌다가 나타나기를 반복했고, 내 청각이 받아들이는 크기도 조금씩 달라졌다. 소음이 변한 건가, 내가 변한 건가? 아니면 아무것도 변하지 않고, 똑같이 그대로인 상태인 걸까?

생각은 어디까지 바꿀 수 있는 걸까, 인식의 몸은 육체적 몸과 어느 순간 어떻게 조응하여 다른 결과에 도달하게 되는 걸까? 그 중첩된 혼란을, 꽤나 쓸모 있는 고마운 혼란을, 무어라 명명해야 하는 것일까?

대책 없이 긍정적이고 쾌활한 '성 정체성 혼란을 가진 아이'가 주인공인 소설을 써야겠다고 꽤 오래 전부터 생각하는 중이다. 물론 이 아이는 내 어린 시절과 직결될 것이다. 단지 그동안 여러 작품에서 조각 내 심어왔던 것과는 전혀 다른 방식으로 쓸 수 있기를 바라고 있다.

인식의 몸을 동전처럼 양면을 지닌 것으로 상정할 수 있다면, 겁에 질리고 두려워하고 불안에 떨고 혐오하던 마음, 내 몸에 각인된 그 인식 정반대 쪽에 '새로운 가능성의 몸'을 상정하고서, 그 몸의 삶을 다시 따라가면 어떨까 하는 상상.

'극복'이란 말의 정체를 언제나 의심한다. 과거의 고통을 '극복'해 완벽히 지워버렸다면, 나는 그가 '극복'이 아니라

혼란 기쁨

또 다른 환각에 의지하고 있거나, 알츠하이머병에 걸렸을
가능성이 큰 게 아닐까 짐작한다. 우린 고통을 잔상으로든
파동으로든 인식할 수밖에 없으며, 고통의 몸과 나란하다.

고통의 몸을 곁에 둔 채, 고통스럽지 않을 방법이 있다고
종용하는 이 세계의 '극복'은 진정한 극복일까? 당사자를
얄팍하게 저며놓고서, 보편이라는 억압을 들어 무례하게
겨드랑이에 손을 끼워 넣고 일으켜 세우려는 그 시도가, 진정
'극복'의 실체일까?

이 시점에서 기이한 방법을 시도해 볼 가치가 있는지
모른다. 우리는 고통을 지나 극복하고 난 후에야 진정한
즐거움이 도달할 것이라고 믿지만, 시간은 흐르지 않고,
실체는 중첩되었으며, 인식은 주관적이라면, '순서(order)'란
애초부터 없었으며 그걸 따라야 할 이유도 없는 것인지
모른다. 느린 것은 다른 기준점으로는 제일 빠를 테고, 깜깜한
어둠인 여기는 다른 색깔의 빛일 수도 있는 중첩된 자리.

그렇다면 언제든 방향을 바꾸거나 '스킵'해도 괜찮은
게 아닐까? 우린 '질서'라는 용어에 과도하게 포섭되었을 뿐,
질서 아닌 질서에 잠식된 인간 삶은 도처에서 자멸하면서도
기세등등하고, 그렇다면 타인의 말과 타인의 삶과 타인의
조롱에 근거해, 내가 굴러떨어진 질서에 과도하게 붙들려
있는 그 손은, 다름 아닌 내 손? 지그시 내가 나를 내리누르는
내 자학의 손!

고통스러운 자신을 고통스러워 하지 않고, 불안한 자신을
불안해 하지 않는 것이야말로, 고통스럽고 불안한 누군가가

접힌 몸

가장 먼저 시도해야 하는 0순위다. 순서나 조건은 필요 없다. 방법은 내 몸에 내재해 있다. 표정을 바꾸고 감정을 뒤섞고 즐거운 몸을 흉내 내고 충만한 마음을 비추어, 내 몸이 고통의 질서, 결핍의 질서 바깥에 머물도록 계속해서 시도해야 한다.

시도는 분명 실패하고 실패는 당연히 더 큰 불안과 즉결되지만, '순서(order)'에 잠식당하지 않도록 내 몸은 '스킵' 버튼을 누르고, '건너뛰기'을 누르고, 다시 또 새로운 시도 속으로 뛰어들어야 한다.

제발, 처방도 받아 약도 먹자. 약을 먹으며 약에만 매달리지 말고, 지난 고통을 다른 방향으로 다시 쓰고, 다른 순서로 정리하고, 내 몸이 한 번도 해보지 않은 감정을 시도할 때, 그 앞으로 한꺼번에 쏟아져 정렬되는 다른 모양의 내 인식의 몸을 그제야 감각할 수 있는 게 아닐까?

그때 비로소 나의 고통 상자, 결핍 상자에 틈이 벌어질지도 모른다. 중첩인가 아닌가, 거기에 있는가 없는가와는 상관없이, 그 모든 걸 뚫고서 고양이인 내 앞발을 어느 구멍으로라도 내밀 수 있는 것. 이 세계가 외치는 '극복'일 수 없겠지만, 분명한 시작이다. 나를 위한, 내 것인.

결핍을 알기에, 오래도록 나는 '노는 몸'을 되찾으려 애써 왔다. 그 몸을 서른 살까지 완벽히 잃어버린 채였다. 성 확정 치료를 시작하면서, 자동차를 몰고 전국을 여행했던 건 그 이유였다. 생전 가볼 꿈조차 꾸지 않던 마을에 들어가 보고, 터미널에서 주민들과 앉아 보고, 카메라에 담고, "우와!" 환호성을 지르면서, 나는 조금씩 '노는 몸'을 상상할 수 있었다. 거기에 있구나, 나에게도 있구나, 알게 되었다.

오십 중반의 몸이 된 지금은, '길'을 걸으며, 몸의 한계와 세계를 실감하는 중이다. 더 오래도록 몸으로 가능한 놀이를 확장하기 위해, 걷고, 환호성을 지르고, 큰 소리로 웃고, 기록하고, 공유한다.

나이가 더 든 몸은, 분명 또 다른 한계에 직면할 것이다. 걸을 수 없을지도 모르고, 실감할 수 없었던 장애가 접힌 몸으로 나타나겠지만, 질서 바깥을 상상하는 새로운 몸이 될 것이다. 그때에도 낡은 카메라로 접힌 몸을 기록할 테고, 짧은 거리라도 걸으려고 시도할 테고, 감정을 뒤섞어, 질서를 벗어나, 다 쉬어가는 목소리로, 그때에 가능할 나만의 환호성을 시도할 것이다. 치열하게 움켜쥐었던 나의 '노는 몸'을 기록하고, 그걸 기억하는 삶이 내 역사이니, 결핍은 온갖 방식으로 온 벽에 장난감처럼 붙어, 죽지 않고 살아 있는 나를 증명할 것이다. 또 한 번 나는 그 앞에 내 몫의 환호성을 지를 것이고.

접힌 몸

식물성의 몸을 배워 보고 싶은 날

식물처럼, 비 오는 날이 좋아진다. 이끼처럼 축축한 몸을
생각한다. 물 냄새, 곰팡내, 꼬물거리는 벌레들이 내 땀구멍에
들어가려고 꼬리 같은 얼굴을 들이밀었다가 실패하고, 내 두
다리 사이 구멍 속으로 몸을 밀어 넣었다가 실패하고, 나를
흡수하는 데 실패하고, 우린 실패한 몸으로 나란히 눕는다.

　　식물들 사이, 흙에 몸을 심고서 '거봐, 우린 식물이지?'
웃는다. 너는 작은 식물, 나는 큰 식물. 너는 꿈틀거리는 식물,
나는 누운 식물. 어느 정도까지 커졌다가, 시간에 물들어 색
바랬다가, 마른 흙처럼 부스러지게 될 우리의 몸. 우리들의
고통과 절망도 언젠가 마르고 부스러져 흙이 될까? 어떤
씨앗이라도 키우는 데 도움이 될까?

　　'식물을 키우는 데 재주가 없다'고 서른이나 마흔 시절에

말하고는 했다. 누군가 선물한 선인장을 끝내 죽이고 말았을 때, 나는 어떤 것도 키우지 말아야 하는 종족이라고 확신했다. '증거'라고 죽은 화분을 반복해서 내밀며 나의 재주 없음을 설명하곤 했는데, 지금 나는 여러 초록 화분에 둘러싸여 이 글을 쓰고 있다.

두 달여 간 집을 비워야 했고, 신랑에게 물 주기를 알려줬다고 믿었지만, 믿음은 오직 나 혼자만의 것이었을 뿐 집에 돌아오니 화분 속 식물들은 노랗게 말라 죽어가는 중이었다. 서른이나 마흔의 나라면 포기했겠지만, 오십의 나는 다행히 그러지 않았다.

돌아보면 대단한 계기는 아니었다. 어느 날 입술 물집처럼 불쑥 솟은 마음이 있었다. 피로하고 혼곤한 일상으로부터 야단맞은 것처럼, 나는 '포기' 혹은 '단념'을 닮은 그 마음을 끌어안은 채 소파 위에 널브러졌을 것이다. 단념이나 포기도 날마다 반복되다 보니, 한 종류의 마음이란 걸 알게 됐다. 내일도 단념해 보자, 내일도 포기를 시작해 보자 하고 몸을 일으키니, 저녁마다 내가 품어 안은 단념과 포기는 이끼처럼 미끄덩거렸고, 내 '포기'에 밟혀 미끄러질 때마다 이상한 냄새가 났다.

그러고서 가능해진 마음은, '혹시'였다. 믿음이나 신념 따위와는 비교도 할 수 없을 만큼 남루하고 보잘것없으며 형편없는 무기력한 말, '혹시'.

두툼한 가짓대 몇 개가 이미 고개를 꺾고 쓰러져 도저히 회생은 불가능해 보였다. 일단 마른 것부터 하나씩 잘랐다.

접힌 몸

고꾸라진 것도 잘라냈고, 흙 속에 처박힌 것도 거둬내고 나니, 몸통만 나무젓가락처럼 꽂혔다. 노란 잎 반, 초록 잎 반인 힘 없는 가지 하나는 끝내 잘라내지 못했다. 그래, 죽을 거면 어차피 죽을 테지, 그래도 '혹시' 모르니 물을 흠뻑 주었다. 햇볕이 가장 많이 닿는 곳으로 화분을 옮겼다.

다음 주에도, 그 다음 주에도, 잘려 나간 식물의 몸은 그대로였는데, 두 주가 더 지나자, 다른 몸이 보였다. 가지와 가지 사이에 가시 같은 게 삐죽 올라오고 있었다. 새순이었다. 먼지 한 톨처럼 미약하고 작아, 아직 가지도 아니고 잎사귀도 아닌 초록의 물집.

나에게 재주가 없는 것이 아닐지도 모르겠단 걸 수십 년이 지나 알게 됐다. 그때 나는 기다릴 줄 몰랐고, 성급하게 단언했고, 식물의 미래보다 제 고집밖에 확신할 줄 몰랐다.

흙 속에서 식물은 피로한 뿌리를 온 힘을 다해 뻗어 내리고 있었는지 모르는데, '죽었다'고 선언하고 살해한, 식물의 속도조차 헤아리지 않은 기세등등한 용기의 범행. 남은 것이라곤 고작 '잔인한 용기'뿐이었던, 서른이나 마흔의 범행.

같은 세계 속에 공존하는 생으로 식물에서 배워야 할 게 있다면, '집요함'이 아닐까 한다. 나는 식물만큼 집요하게 자신을 둘러싼 한계들을 밀어 올려 넘어서는 생육을 떠올릴 수가 없다. 쏟아진 흙 한 줌에도 비가 들고 해가 비치면, 끝내 고개를 들고야 마는 초록의 몸, 식물성의 몸.

이제 꽃은 피우기 쉽지 않겠지만, 여전히 생의 흙에

심긴 내 몸을 이해하려고 애쓴다. 달라진 몸과 마음을 새로운 기준으로 설정하고, 비춰 보고, 멀리 가지 않고, 바로 그 자리에서 물집 같은 싹을 틔워볼 수 있는 가능성이 무얼까 헤아려본다.

때를 놓친 식물처럼 그 자리에 고꾸라지기도 하겠지만, 옛날처럼 달리거나 속도를 내지 못하는 몸을 이해하고 인내하며, 그 집요함만은 지켜낼 수 있는 가장 단순하고 힘 있는 생의 의지를 명령처럼 되뇌어야 한다. "뭐 하러?" 누군가 거칠게 물어온다면, "살려 보려고요." 간단히 대답할 수 있도록. 삼십여 년 동안 그러지 못했으니, 지금이라도 그래 보려고.

비 오는 날이, 식물처럼 좋아졌다. 그러나 빗속에 서서 비를 맞지는 않는다. 맨몸으로 땅에 눕지도 말아야 한다. 나는 식물도 아니고 동물도 아닌 채, 식물의 힘이라도 배워야 하는 집요한 생. 태양은 지금 이 순간에도 비구름 너머 내 몸을 향해 있는 걸, 나는 안다. 보지 않아도 안다.

접힌 몸

191

속죄의 몸

내 생모인 복희 씨의 입에서 '속죄'라는 말을 들었을 때, 나는 어느 때보다 큰 충격을 받았다. 그 말은 토해진 시체 같았다. 뜨거운 피가 흐르거나 꿈틀거리지도 않은 채, 묵직한 무게 하나만으로 내 앞에 덜컥 쏟아져 내린 두 글자, 언어의 몸.

    늘그막에 다니기 시작한 교회 하느님 말씀 때문인지, 그는 어린 자식들을 떼어 놓고 탈출해야 했던 그때 그 시간을 죄로 연결시켰던 걸까? 그 여자가 가진 죄책감은 온당한가? 죽을 때까지 짊어지고 가야 할 당신의 십자가 위에 '속죄'라는 이름으로 망설임 없이 새겨 놓은 그 짐의 무게는 합당한가? 벌이라거나, 죗값이라거나, 폭력적 언어로 그 여자의 몸을 잘근잘근 짓밟고야 말겠다는 기도의 무참한 응답이야말로, 진정 신의 것인가?

인간이 신의 몸을 갈가리 찢어 서로 다른 책 위에
덕지덕지 붙여 놓고, 탐욕을 행하고, 전쟁을 벌이고, 약한
몸들을 착취하는 현실을 목도하면서, 이런 세계를 신은 왜
벌하지 않는가 아주 간단하고 명쾌한 질문의 해답조차 찾을
수 없어, 나는 신을 믿을 수 없다고 말하고 싶어지곤 했다.
한편 신의 손길 같은 것이 깃들지 않았다면, 어떤 평온은
그토록 아름다울 수 있을까, 신을 혐오하면서도 동시에 신이
거기에 있을 수밖에 없구나 고개 끄덕이지 않을 수 없다.
　　'천국'이란 단어가 혐오스러워진 시대다. 적지 않은
사람들은 그 두 글자를 누군가의 시뻘건 푯말에서 발견하고
저절로 얼굴이 일그러지고 만다. 내 존재를 모독하고
혐오하며 천국을 읊조리던 악마들을 똑똑히 기억하고 있기에,
나는 천국 앞에 훼손된 몸이 아닐 수 없다.
　　그럼에도 나는 다른 질서와 시간의 흐름을 지닌, 극한의
평온이 상존하는 탈인간적 세계가 실재하기를 소망한다.
그곳에 교리는 있을까, 언어 바깥의 가르침은 어떻게 생명에
심길까? 인간의 몸에 꽃이 필까? 어느 몸에서나 날개가 솟아,
원하는 데까지 데려다 줄까? 소멸해버린 지난 세계의 폭력과
잔악은, 천국의 돌 아래 그림자로 남아 있을까? 그 돌은 곧
언어일까, 살아 있는 것들은 모두 돌을 뱉으며 말할까?
　　신을 섬기지 않지만, 딱 한 가지 소망만은 되새긴다.
여기에서 이루어지지 않은 신의 처벌이 거기서는 명명백백히
이루어지기를. 복희 씨처럼 십자가를 스스로 짊어지는 바보
같은 사람이, 그 몸을 원해서 얻은 것도 아닌데, 새끼를

접힌 몸

배고, 고통스럽게 낳고, 그러고도 폭력에 시달리다가
살아남으려고 도망친 몸으로, 속죄나 곱씹어야 하는 그런
생이 천국에서는 제일 고귀하게 영접되기를 바란다. 스스로
죄 많다고 말할 수밖에 없는 죄 없는 몸들이, 비로소 칭송
받고 떠받들어지기를, 그 작은 몸 앞에 꽃길이 펼쳐지기를
나는 간절히 소망한다.

《4·3이 나에게 건넨 말》이라는 책을 출간한 한상희
변호사의 인터뷰를 읽은 적이 있다. 그는 책에 관해
이야기하며, 사건의 가해자에게 잘못한 만큼 벌을 주는 것을
'응보적 정의,' '최소한의 정의'라고 했다.

이에 더해, 가해자가 진심으로 죄를 반성하고, 피해자와
피해 사실로 인해 삶이 망가진 모두에게 진심 어린 속죄
행위를 지속하고, 비로소 그들로부터 어떤 방식으로든
용서받았을 때, 그제야 그는 자신의 죄로부터 완벽히
벗어난다고 했다. 가해자로 인해 공동체 안에서 고립되고
박탈감에 시달려야 했던 피해자도 그때서야 비로소 사건에서
벗어나 공동체로 돌아갈 수 있다고 했다. 이때 이루어진
정의를 '회복적 정의'라고 한다고.

죄를 미워하되 인간은 미워하지 말라는 단언은,
터무니없이 곡해된 측면이 있다. 아마도 응보적 정의는
물론이고 회복적 정의까지 이루어지고 난 후에야, 미워하지
말아야 할 '인간'이란 게 우리 앞에 도착할 수 있는 것 아닐까?

사람이라면 모두 죄인이니, 인간을 미워하고 자시고
할 것 없다고 말하기도 하지만, 그건 권력자의 문장임이

혼란 기쁨

194

틀림없다. 토씨 하나 틀리지 않은 똑같은 문장 앞에, 왜 누군가는 홀가분해지고, 또 다른 누군가는 평생토록 지워지지 않을 짐을 더욱 무겁게 져야 하는 걸까? 왜 그 문장은 피해자를 자유롭게 하지 않고, 오직 가해자만 자유롭게 하고야 마는 걸까? 누구도 탓할 수 없다니 손에 든 돌로 결국 자기 자신의 몸을 치고, 짓이기는 수밖에 없는 그 몸들을 또 한 번 고통에 몰아 넣는.

늙어가는 내 몸 안에, 생모인 그 여자를 향한 원망이 남아 있다는 걸 안다. 그러나 가난 때문에 버려지듯 얼굴도 모르는 남자에게 팔려 갔을 열여섯 '복희'라는 이름의 여자 아이를, 나는 도저히 저버릴 수 없다. '모두가 힘들었다'고 말하던 시절, 도대체 왜 누군가는 속죄할 필요 없이 '자랑스러운' 사회 발전을 누리고, 누군가는 겨우 몸뚱이 하나뿐인데 간절히 속죄해야 하는 몸이 되고 마는 걸까?

신의 전지전능함이란, 가장 미약한 것을 지킬 때 승인되어야 할 것이다. 왕관을 지키는 전지전능함은 신의 사랑이 아니라 모략을 증명할 뿐이다. 권력의 곁에 바싹 붙어 신성을 모독하던 역사 속 간악한 종교인들과 조금도 다를 게 없다. 신의 주사위를 대신 던지고, 대신 돈을 걸고, 대신 권력을 행사하는 몸들이, 그 형편없는 몸뚱이들이야말로 신을 향한, 신의 몸을 잘근잘근 유린한 지독한 모독이다. 속죄를 모르는, 당신들이야말로 사탄의 몸이다.

접힌 몸

늙은 퀴어의 이름

'고독'은 늙은 자의 것이 아니다. 산 몸이 태어나는 순간 지닌 '고요한 자아'의 다른 이름이다. 나이가 들수록 고요한 자아는 무기력해지는 것이 아니라 정중해지며, 불안해지는 것이 아니라 사유의 영토를 넓혀 간다. 그렇다면, 고독해지는 것이 아니라 평화로워지고 있다고 말해도 괜찮지 않을까?

끝이 보이지 않는 사막을 끝까지 걸어보겠다고 다짐할 수 있는 홀가분한 몸이며, 한 걸음 걷고 바닥에 주저앉아 풀을 들여다보며 그 하루가 충만해질 수 있는 풍요로운 몸이다. 느림이 아닌 온화한 속도를 감지하면서 천천히 앞으로 나아갈 수 있는 인내의 몸이며, 접힌 몸은 접히는 우주의 은유일 뿐 더 큰 몸을 향해 기지개를 켜는 그때가 바로 '늙음'의 때.

'퀴어'의 생을 거듭 곱씹다 보면, '늙음'과 참 많이 닮았다는 걸 알게 된다. 고독도 그렇고, 고립도 그러하며, 무기력이나 느림 혹은 아무렇게나 접힌 것만 같은 생도 크게 다르지 않다. 어딜 가든 가장 바깥으로 떠밀리고, 집에 처박혀 조용히 살지 왜 자꾸 설치냐고 하고, "결혼은 무슨?" 남사스러운 일이라고 하는 것까지.

퀴어 중 한 사람으로 늙음에 다다르고 보니, 그래도 어쩐지 장난을 모의하는 아이처럼 신난다. 정체를 알 수 없는 막대기를 하나 들고, 이해할 수 없는 책을 한 권 품어 안고, 뭐가 될지 모르지만 어쨌거나 재밌는 일들을 더 많이 할 수 있겠구나, 그 앞에 와 있는 설렘과 크게 다르지 않다.

연극 〈물고기로 죽기〉 대본을 쓰면서 나는 이 땅에 태어난 '성별적 비정상' 목록 안에 처박힌 삶들을 위해 긴 유서를 썼다. 성별이 어떻게 비정상일 수가 있나, 두 가지 안에 욱여 넣으려고 할 때에만 비정상이 되고 마는 그 실체는, 오히려 과도하게 억압 받는 정상성이 아닐까. 나는 유서를 구상하고 쓰는 내내 나의 성별과 그 성별을 표현한다고 말해지는 몸과의 어긋남을 고민했다.

그건 어쩐지 앞으로 나아가기 위해 물고기가 헤엄치는 양태와 똑 닮아 있었고, 물고기에게 성별이란 불변이 아니라 오히려 가변이어서 가능성이란 바다에 더 어울리는 것이었고, 그 이름으로 죽는 것이야말로 '퀴어'라는 우리들이 완성할 삶의 마지막이 아닐까, 부스러지듯 웃었다.

'어떻게 살아야 하는가'를 말하기보다 '어떻게 죽어야 하는가'를 남기고 싶은 내 마음을 퀴어들은 이해할까? "씨발,

접힌 몸

산다는 건 어차피 불리한 것들에게는 제 발가락이나 빨자고
길지도 않은 혀를 냅다 뽑고 내밀어, 할짝할짝 핥는 짓이야!"
누가 봐도 꼴사납고 남사스러운 짓일 걸 알면서도 계속해야
하는 것. 그 위에 이름과 의미를 붙이고, 살아남은 일을
추앙하고, 작은 몸들의 큰 자리를 새겨 놓아도, 결국 또 제
발가락이나 빠는 일, 내가 왜 그랬지 싶은 일.

　　스스로 목숨을 끊은 퀴어들을, 이제는 내가 아는 것만도
양손으로 꼽아야 하는 나이가 되고 말았지만, 그래도 다시
내가 할 수 있는 가장 선명하고 후회하지 않을 이야기는 '사는
것'이 아니라 '죽는 것'에 관한 말임을 나는 안다. '살자'고 하지
못하고, '죽지 말자'고 해야 하는 것. 제발, 무슨 수를 써서라도,
어떤 짓을 해서라도, 우리만큼은 '죽지 말자'고. 더 이상
스스로 숨 끊는 일만큼은 그만두자고.

　　우린 다른 방식의 생존을 끝까지 남겨야 한다. 이원론적
성별에 꼼짝없이 붙들린 공동체에서 퀴어적 생존이란 결국
개인으로 돌아가는 과정일 수밖에 없다. 밖으로부터 생존의
목표를 구하지 말고, 자기 안에서 구해야 한다. 태초의
심정으로 돌아가 간결한 힘으로, 어마어마한 꿈을 꾸어야
한다.

　　우리는 서로 다른 나, 서로 이해할 수 없는 '나'가 여럿
모인 것만으로 충분하다. 우리의 의미는 같이 찾지만, '나'의
의미는 결국 내 것. 나 혼자만의 것이고 내 몫의 용기고
도전이고 탐험이고 발굴이고, 환희여야 하는 것.

　　열패감이나 자괴감은 '사회적 약자'라는 것들에게 가장

큰 적이다. 그럴 시간에 차라리 발가락을 빨자. 잠시 잠깐의 짜릿한 느낌도 줄 수 없는 자기 학대, 자기 비하는 빨리 폐기해 버릴 것. '어떻게 살아야 하는가'라는 질문에 내가 내놓을 수 있는 유일한 해답이다.

퀴어의 불균질함, (어디로 향할지 알 수 없는) 다종의 가능성이 오히려 더 발전 가능성을 품은 도약의 시초로 기능할 수도 있는 게 아닐까? 불안이나 비정형으로 폐기되지 않는다면, 한 인간의 몸속에 '당연히' 실재할 다양한 어긋남들의 지도는, 이 피로 사회가 꿈꿔본 적 없는 가능성의 미래가 아닐지. 가 닿을 수도 없다고 믿었던 미지의 시간을 향한, 아주 작은 원형(점) 속에만 보이는 원경인 건 아닌지.

퀴어성은 해답이 아니라 원인에 가까워 보이겠지만, 원인에 가까운 난해함과, 난해함을 포기하지 않는 질문들이 결국 해답을 찾으리란 걸 나는 안다. 언제든 기꺼이 더 멀리 날려 보내기로 한다면, 해답은 기필코 손안에서 다시 발견될 것이다. 다른 사람들의 손이 아니라, 우리의 손안에서.

접힌 몸

호모 날레디

성별은 언제 죽을까? 내 몸 말고, 성별 말이다. 더 이상 섹스를 하지 않으면 그 순간이 성별의 죽음일까? 내 몸 안에 심어진 정자나 난자가 더 이상 생산에 복무할 수 없게 될 때, 그때가 성별의 죽음일까?

인간의 유전체 정보를 모두 다 찾아낸 건 최근의 일이다. 인간 지놈 프로젝트는 2003년 마무리되었지만, 기술의 한계로 전체 유전자의 8퍼센트는 미지의 영역으로 남아 있다가 최근에야 밝혀졌다고 한다.

이제 시작일 뿐, 유전자가 서로 어떤 관계와 영향 속에 실재하는지 알기 위해 또 얼마의 시간이 필요할까? 지금 우리가 '옳다'고 믿는 생물학적 지도는 밑그림일 뿐, 인간이나 성별에 관한 세밀화일 리는 없다. 아무리 세밀하게 그려내도

세밀화일 뿐, 실체와의 간극은 엄밀히 실재하는 것.

다시 처음의 질문으로 돌아가 보자. 성별은 언제 죽을까? 그건 사람마다 다르겠지만, 마음껏 가지고 놀거나 혹은 다음 단계의 '나'로 진입하기 위해 하루빨리 털어버려야 할 것 중 하나가 아닐까? 장난감이거나, 숙제거나 말이다.

인간의 근원을 따라가다 보면, 생명체의 본질과 맞닿게 된다. 인간은 세포로 이루어져 있고, 세포를 구성하는 것 중 '살아 있다'고 명명할 만한 것은 실제로 '없다'고 한다. 서로 화학 반응을 하는 단백질과 아미노산이 있고, 그건 생명이라기보다 오히려 기계에 가깝다. DNA 역시 껍질을 벗겨내면 기계적으로 화학 반응을 하는 덩어리.

바이러스 역시 세포에 침투해 움직이고, 화학 반응을 일으키는 기계적 활동을 이어가니 역시 모호한 덩어리. 어떤 바이러스는 완전히 죽은 세포에 침투해 생명을 되살리는 능력조차 가지고 있으니, 그렇다면 바이러스야말로 절대자 신의 일종인가?

나의 성별은 죽지 않았다. 아니, 죽었다거나 살았다고 말하는 방식은 어느 쪽이 되었든 실체와 꽤나 거리가 멀다. 화학 작용 중인 몸이 있고, 그 몸에 깃든 또 다른 방식의 화학 작용이 있으니, 내 것이 아니지만 내 것인, 내 가능성인 무수한 작용들이 있으니, 나는 그래서 죽지 않았고, 내 성별도 마찬가지일 것이다.

'호모 날레디'라는 이름의 33만 년 전 인류가 동굴 속에서 최초의 장례 문화를 시작했을지도 모른다는 글을 읽고, 나는

접힌 몸

조용히 그때 그 현장의 공기를 상상했다. 150센티미터 남짓 되는 열다섯 생명이 모여 사는 암흑의 공간. 그들은 죽은 사람을 가지런히 동굴 속에 남겨 놓기로 한다. 더 이상 소리를 내거나 움직이지 않는, 자신을 향해 웃거나 눈을 맞추지 않는 몸을 앞에 두고 그들은 어떤 생각을 했을까?

물끄러미 굳은 몸을 바라보았을지도 모른다. 손목뼈가 현생 인류와 크게 다르지 않았다니 손을 들어 한 번쯤 그 얼굴을 쓰다듬거나 어루만지기는 했을까? 죽음을 향한 그들의 마음은 지금과 어떻게 다르고 또 같을까.

30여만 년 전 공기를 상상하는 내 시선이 문명적으로 학습된 것이라는 걸 알지만, 그럼에도 한 사람의 죽음이 끌어당겼을 모두의 침묵을 반복해서 떠올려보고 싶어진다. 생명은 생명 안에 없고, 기계를 닮은 화학 작용에 불과하지만, 혹시 그때 그 침묵 속에, 그리움 속에, 죽은 몸 곁에 나란히 놓는 마음에, 실존했던 게 아닐까?

내 삶이 어떤 모습으로 기억되든, 어떤 몸으로 기록되든 지금은 별로 신경 쓰고 싶지 않다. 나의 반려인은, 그러면 나의 죽음이 '여자의 죽음'이 아니고 '남자의 죽음'이어도 괜찮겠느냐, 그 명백한 오기 앞에 남겨질 자신을 생각지도 않는 거냐 발끈했지만, 내 생명은 마지막 '침묵'에 있지 않을까 짐작한다. 남자라 믿든, 여자라 믿든, 내 죽은 몸을 나란히 하고, 얼굴을 쓰다듬고, 애쓴 몸을 어루만진다면 나는 그대로 충만하게 완결된 죽음일 것.

물론 죽은 내 입장으로는, 이제야 피로한 몸을 완벽히

눕힐 수 있으니 평안할 것이고, 홀가분하지 않을까?
지긋지긋하게 난도질 되기만 했던 몸이 잠깐 안쓰럽겠지만,
진짜 애 많이 썼다고 그 몸을 나 역시 어루만지고 싶을
것이다. 마침내 난해하기만 했던 '퀘스트'를 완수했다고
누구에게도 들리지 않을 가장 큰 환호성을 지르면서.

　　우리는 서로 다른 방식으로 죽어야 한다. 다른 몸,
다른 생, 다른 이름, 다른 방식으로 죽고서, 똑같은 침묵과
그리움에, 아쉬움과 안타까움 앞에 나란히 서야 한다. 시종
나란하지 못하고 불안을 주고받기만 했던 과거를 잠시
물리치고, 각기 다른 의미로 모두가 불구거나 기형이었던,
위태로운 불균형을 섬겼던 점에서는 보편을 품은 채 그 한
몸의 장례를 진행해야 한다.

　　나는 성별로 살지 않았다. 지속적이고 실존적인 나의
정체성은 성별이 아니라 인간에게 있었으니, 내 자유를
지켜내려는 몸짓에 있었으니, 나의 생은 그런 인간으로
치열하게 살다가 그런 몸으로 끝을 맞이할 것이다. 서로 그리
멀지 않은, 어느 쪽으로도 무척 가까울 몸으로.

접힌 몸

트랜스젠더는 존재하지 않는다

문화인류학자 마거릿 미드(Margaret Mead, 1901-1978)가
한 강연에서 인간 문명의 시작이 불이나 돌도끼가 아니라
'치유된 대퇴골'이라고 정의했다는 기사를 읽었을 때, 나는
조용히 탄성을 질렀다. 부러진 대퇴골이 생명에 치명적
위협이 되던 시절, 누군가의 도움으로 치료 받은 다리뼈, 그를
살린 누군가의 도움이 바로 인간 문명의 시작이었던 것이라고
새롭게 정의했을 때, 나는 딱딱하게 굳었던 몸속 어딘가가
봄날처럼 물컹해지는 소리를 들었다.

　　누구를 향해야 하는지도 모른 채 원망스럽고, 답답하기만
했던 '부정된' 삶에 어떤 시작이, 또 다른 가능성의 접힌 몸을
부채처럼 활짝 펴는 기분이었다. '나'는 '우리'로 살 수 있다.
아무리 혼란스러운 나라도, 누구도 이해할 수 없고 정의하지
못하는, 때로는 틀리게 정의된 몸이더라도, '나'는 언젠가

'우리'라는 이름의 생존으로 기록될 것이다.

접혔다고 믿었던 몸은 또 다른 방향으로 나아가기 위한 '물러남'이었음을, 차곡차곡 접혔던 그 총체적 몸은 이제 또 다른 방식으로 역동할 힘을 쌓아 왔던 것임을, 우린 어렵지 않게 실감할 수 있을 것이다. 몸이야말로 가장 선명한 보편이니, 접힌 우리들의 몸은 상상 못 할 다른 종류의 힘을 갖게 될지 모른다. 서로 다른 두 실존이 맞닿아 일으키는 엄청난 역동을.

'시간은 흐르지 않는다'라는 상대성 이론을 설명하는 그 한 문장을 보았을 때, 나는 처음 '지나왔다'고 믿은 내 과거를 향한 수사를 변경하고 싶어졌다. 막상 적절한 표현은 떠오르지 않았다. 내 평생을 지배했던 과거, 기억, 추억같이 저절로 떠오르던 언어들을 모두 내려놓아야 했다. 도저히 지울 수 없는 그것들을 일단 지워놓고, 나는 좀 애들처럼 신이 났다. 유전자도 필요 없고 성별도 상관없고 그저 난 몸이니 난 생으로 철없이 설레었던 그때 그 맘처럼.

지난날을 돌아보며 내가 얻은 단 한 가지 변하지 않는 진실은 '순환'이다. 직선이 아니라 원형으로 우리는 살아간다는 것. 지금의 나, 오늘의 나, 이번 주의 나, 이번 달의 내가 나선으로 돌아 앞으로 나아가는 중인 듯 느껴진다. 그러니까 내가 가진 분노나 행복, 절망이나 행운들 역시 어딘가를 돌고 있을 뿐, 여기에 순환하는 나와는 꽤나 멀리 떨어진 것.

순환하는 우리는 다른 몸으로 맞닿기도 하고, 다른

나가며

205

시간대의 자신과 스치기도 하며, 나와 나 아닌 것들로 뒤엉킨 채 고집스레 혼자만의 생각으로 '나'를 길어 올린다. 거기에 존재하지 않는데, 몹시 선명하게 빛을 발해 분명히 목격되는 무수한 별들의 빛깔처럼.

　나는 또 한 번 오늘의 나를 발견해야 한다. 오늘의 정체성과 오늘의 성별과 순환하는 오늘의 시간 속에서, 내 몸과 가능성을 통과해 내 것으로 만들 내 쓸모를 찾아야 한다.

　혼란은 계속될 것이다. 이유도 모르는 혼란에 너무 오래 붙들렸고, 여전히 붙들려 있고, 앞으로도 기껏해야 또 다른 혼란에 매달린 안간힘처럼 보일 것이다. 나는 해일처럼 내 삶에 들이닥쳤던 혼란으로부터 기쁨을 찾을 수 있을까? 생은 차별적이고, 그럼에도 시간은 평등하게 나아가고, 누구에게나 제 몫의 기쁨은 주어졌다고 하는데, 나에게도 언젠가 이 거대한 혼란의 몸체가 단 한 순간이라도 반가운 황홀함이 될까?

　비릿한 물 냄새가 올라온다. 심하게 부패한 냄새이기도 하고, 생명의 냄새이기도 하다. 이제 나는 또 한 번 이전에는 본 적 없던, 거대한 시간 속으로, 모르는 쪽으로 뛰어들어야 한다. 헤엄치는 법이 아니라, 뛰어드는 법을 먼저 배워야 한다. 겁에 질리거나 포기하지 않고서, 거대한 시간의 몸 앞에 꼿꼿이 선 채 뛰어드는 법을.

　다행히도, 나는 이미 그런 몸, 그런 생존을 알고 있다. 혼란은 도움이 된다.

혼란 기쁨

혼란 기쁨

혐오를 벗고 몸을 쓰다

첫판 1쇄 펴냄 ┃ 2025월 1월 31일

지은이 ┃ 김비

기획·편집 ┃ 김대성

교정·교열 ┃ 계선이

디자인 ┃ 그린그림(박성진)

펴낸이 ┃ 김대성

펴낸곳 ┃ 곳간

출판등록 ┃ 2021년 10월 25일 (제2021-000015호)

주소 ┃ 부산시 중구 동광길 42 6층 601호

Email ┃ goatganbooks@gmail.com

Fax ┃ 0504-333-1624

인스타그램 ┃ goatganbooks

페이스북 ┃ goatganbooks

ISBN ┃ 979-11-978685-8-0 03810

값 ┃ 17,000원

이 책은 2024년 문화체육관광부의 '중소출판사 성장부분 제작 지원' 사업의
지원을 받아 제작되었습니다.